LOUIS BOUVET ET G. ARRIBAT

A L'EXCELLENT AMI AUGÉ

Auvergnat par amour !...

VAUDEVILLE EN UN ACTE

Représenté, pour la première fois, à Paris.

3 ou 4 H. 2 F.

CONFORME AU VISA DU 15 JANVIER 1905

PARIS
G. JOUBERT, Éditeur, 25, rue d'Hauteville.

Répertoire de la Société Lyrique.

Anciennes Maisons BRANDUS & JOUBERT réunies

C. JOUBERT, Successeur

ÉDITEUR DE MUSIQUE

PARIS. — 25, Rue d'Hauteville, 25. — PARIS

RÉPERTOIRE

DES ŒUVRAGES DE CONCERT EN UN ACTE

ABRÉVIATIONS : D. Veut dire du répertoire de la Société Dramatique, 8, rue Hippolyte Lebas. — Le surplus appartient au répertoire de la Société Lyrique, 10, rue Chaptal.

LOC. Veut dire : La musique n'est qu'en location et ne se vend pas.

Vaudevilles et Opérettes

AUTEURS	TITRES DES ŒUVRES	Hommes	Femm	Prix nets.	AUTEURS	TITRES DES ŒUVRES	Hommes	Femm	Prix nets.
Marsan (de)	A bas les hommes	9 ou 6	9 au 6	loc.	Villebichot	Boum ! Servez chaud	3	2	4 »
Saint-Maurice	Abricot (L') d	troupe	»	loc.	H. Moreau-Arnould	Braves gens (Les)	7	5 ou 7	loc.
D Campisiano	Absalon	2	1	6 »	Hobans	Brelan de bègues	2	1	5 »
E. Fournier	Accordeur (L')	2	3	loc.	H. Moreau et Mauriec	Bretelles (Les)	2	1	loc.
Guillemaud	Adrien n'aime pas le Piano	3	1	loc.	F. Bernicat	Cadets de Gascogne (Les)	troupe		7 »
Vallès-Garnier	Affaire Cœurdeveau (L')	5	1	loc.	Banès	Cadiguette (La)	1	1	5 »
St-Paul-G. Rose fils	Agence est au-dessus (L')	3	3	loc.	Saint-Paul	Cage de l'Oncle Tom (La)	3	2	loc.
F. Bernicat	Agence Rabourdin (L')	1	1	5 »	Lebreton	Caïn	3	2	loc.
Moreau	Ah ! c'te Veine d	7	7	loc.	Javelot	Calino amoureux	2	1	3 »
L. Bouvet-F. Muffat	Ah ! la chouett' revue	4	4	loc.	Lebreton et Soudant	Camelots (Les)	6	5	loc.
Japy	A huitaine	troupe	»	5 »	Chevalet-Audray	Canne d'un grand homme (La) d	2	2	loc.
C. Roland	Aiguilleur (L') d	1	1	loc.	E. Bouchaud	Cantine Grovot (La)	5	3	loc.
S.-Paul-Rose fils	Air de la mer (L')	4	4	loc.	Lebreton-Moreau	Ça porte bonheur	5	3	loc.
Bessière	A la Caserne	6	2	loc.	V. Herpin	Capricorne (Le)	troupe	»	loc.
Lebreton-Bouvet	A la légion étrangère d	troupe	»	loc.	F. Barbier	Carmagnole (La)	3	3	5 »
Ch. Esquier	Allumeur (L') d	2	1	loc.	Lebreton-Moreau	Carnaval conjugal (Le) d	9	9	loc.
L. Bouvet	Ami Chambardel (L')	3	1	loc.	A. Berthon	Carnaval des 4 z'arts	6	2	loc.
C. Roland	Amie de pension (L')	1	3	loc.	Levavasseur	Carte de visite (La)	3	3	loc.
D. Jourda	Amies de nos Amis (Les) d	2	3	loc.	Autigeon-Despiau	Cascadin et Cie	6	5	loc.
De Marsan	Ami Roscanvel (L')	4	3	loc.	O. Méténier-D. Fabrice	Casque d'or	1	3	loc.
Besière-Ruffier	Ami Vandière (L) d	7	6	loc.	Léon Jancey	Cavalier Bourlot	2		loc.
Lebreton	Amour à coups de poings (L')	2	2	loc.	F. Lémon-J. Moy	Ce cochon d'Emile	3	2	loc.
Lebreton-St-Paul	Amour en dentelles (L')	2	2	loc.	D. Jourda	Celles qui savent	1	2	loc.
G. Street	Amour en livrée (L')	3	1	5 »	Trebla-Schwaeblé	Cendrillette ou la Culotte merveilleuse d	troupe		loc.
Desormes	Amour et l'appétit (L')	1	1	4 »	Chabaud, Colonge Tranchant	Ce pauvre Bobinet	2	1	loc.
Vallès-Garnier	Amour et sauvetage	3	2	loc.	De Marsan	Ce Sacré Narcisse	4	4	loc.
A Petit	Amoureux d'Yvonne (Les) d	5	3	5 »	D. Fabrice	Ce Zidore	3	»	loc.
De Farcy	Amour modiste (L')	2	3	loc.	E. Soudant	Ces canailles de couturières ! d	6	6	loc.
V. Roger	Amour Quinze-Vingt (L')	3	1	4 »	A. Mesnil-P. Raynond	C'est la vie	3	2	loc.
Bottin, Boulay-Layrice	Amours d'un piston (Les)	3	2	loc.	G. Rose fils-F. Bouyeret	C'est un secret de polichinelle	2	2	loc.
L. Bouvet	Anarchiste	3	1	loc.	Chelu	Chambre à louer	1	1	2 »
M. Gribinski	Annonce (L')	3	3	loc.	Cuvillier	Chambre à part d	4	2	loc.
Desormes	Antoine et Cléopâtre d	2	1	4 »	Henry Moreau	Chambre de bonne d	3	2	loc.
L. Dourel-E. Herbel	Apaches de l'Amour (Les)	troupe	»	loc.	L. Bouvet	Chanson de Florentin (La)	3	2	loc.
S.-Paul-P. Avril	Apache est de rigueur (L')	1	2	loc.	V. Roger	Chanson des Ecus (La)	3	1	4 »
Bessier-Moreau	Aphrodites (Les) d	4	8	loc.	P. Henrion	Chanteuse par amour (La) d	»	1	4 »
Dorteuil-Moreau	Après la vie de Bohême d	troupe	»	loc.	E. André	Chaos (Le)	1	1	4 »
L. Bouvet	A propos de bottes	2	»	loc.	Moreau-Boucherat	Chasse royale d	troupe	»	loc.
J. Emmecé	A qui le gosse ?	troupe	»	loc.	Lebreton-Moreau	Chasseurs Alpins (Les) d	6	6	loc.
Monnery-Marien	Argot tel qu'on le parle (L)	5	3	loc.	Cieutat	Chaste Suzanne (La) d	troupe	»	loc.
M. Chastagne	Arracheuse de dents (L')	2	1	4 »	H. Gilbert	Chaste Suzanne	2	2	loc.
Bouvet-Arribat	Arrestation arbitraire	4	2	loc.	Yvel	Chéri des Dames	4	2	loc.
Marc Sonal	Arrêts de rigueur	1	1	loc.	Dourel, Roydel, E. René	Chevalier Tric-Trac (Le)	2	3	loc.
Dourel, Roydel, Monjardin	Artistes pour rire d	6	4	loc.	Dourel-Roydel	Chez la Costumière d	troupe	»	loc.
Géraldy	Ascension du Mont-Blanc (L')	1	1	4 »	Meynard	Chez le dentiste	3	1	3 »
L. Martin-Duhem	Auberge du Tambour battant (L')	2	2	loc.	Lhuillier	Chez les Corniquet	1	»	1 »
Dudot-de Gorsse	Au Chat qui pelote d	troupe	»	loc.	B. Lebreton	Chez « Ma Tante »	7	5	loc.
Banès	Au Coq huppé	3	2	5 »	C. Rosenquest	Chicard et Bébé	1	1	4 »
D. Fabrice-des Planches	Audience est ouverte (L')	5	5	loc.	Bomier	Chien et Chat d	4	1	loc.
Carpentier et J. Meudrot	L'Audition de Saint Glinglin	3		loc.	Boulay-Layrice	Choc en retour d	2	2	5 »
Uzès	Au soleil d'or d	3	2	6 »	L. Bouvet	Cinq à sept de chez Pétrone (La)	6	4	loc.
Lebreton-Moreau	Au temps des cerises d	5	3	loc.	Moreau-Gramet	Cinq contre un	3	5	loc.
Guérineau	Auteur par amour	1	2	5 »	L. Bouvet-F. Muffat	Cinq sous de Lavarenne (Les) d	4	3	loc.
Lebreton-Moreau	Autour d'une guérite d	3	2	loc.	E. Brasseur-L.T.	Circulaire du Préfet (La)	6	2	loc.
Henry Moreau	Avant le bal	1	1	3 »	P. de Rouvray-J. Kolb	Cire de Vergy (La) d	4	3	loc.
L. Rivaux et G. Dubreuil	Avarié du Mardi-Gras (L')	3	2	loc.	Villebichot	Cirque Ponger's (Le)	troupe		6 »
Colonge, Garafalo, Combrei	Baba Bounouck d	5	6	loc.	J. Lorrain-D. Fabrice	Clair de lune d	7	4	loc.
Dérensart	Baigneur et nageuse	1	1	3 »	Trébla-Saint-Cyr	Claudine en vadrouille d	troupe		loc.
Antigeon, Dourel-Roydel	Baigneuses de Cocotteville (Les)	6	9	loc.	E. Lebreton-L. Blairet	Clef des Songes (La)	4	3	loc.
A. Mouëzy-Eon	Bain de pieds (Le)	1	2	loc.	L. Bouvet	Clémence d'Auguste (La)	2	1	loc.
Moreau	Balayeur de chez Maxim's (Le) d	7	8	loc.	Bessière	Clou (Le)	2	2	loc.
Rose fils et Ryvez	Banquier malgré lui	3	3	loc.	L. Collin	Coco Bel-Œil	3	1	loc.
Lesserre	Barbe-Bleue	1	»	2 »	A. Petit	Cocotte et chiffonnier	1	1	4 »
L. Moche	Baronne	2	1	loc.	L. Bouvet	Codicille (Le)	4	4	[illegible]
Ratcée-Tranchant	Bataillon Desroches (Le) d	10	10	loc.	Ch. Mougel-de Marsan	Colo saute le mur (Le)	5	3	loc.
Autigeon-Desplan	Battage (Le) d	2	1	loc.	Villemer, Delormel, Péricaud	Colosse de Rhodes (Le)	3	»	4 »
A. Moyne	Béguin d	2	1	loc.					
Mestre-Aubry	Belle Dinde (La) d	9	11	loc.	L. Bouvet-G. Arribat	Commandant Laverin (Le)	5	4	loc.
De Marsan	Belle-mère apprivoisée (La)	4	3	loc.	S.-Paul-G. Rose fils	Commissaire est embêté (Le)	3	2	loc.
Lebreton-St-Paul	Belle-mère est sans pitié (2e éd)	2	2	loc.	Boulay-Layrice	Complice (Le)	3	2	loc.
Wachs	Bibi ou l'Enfant de l'Amour	1	1	4 »	A. Petit	Confections pour dames	2	4	5 »
Bouvet-Muffat	Bigame de la Bastille (Le)	3	3	loc.	L. Bouvet-Schmoll	Congrès des Cocottes (Le)	5	7	loc.
C. Roland	Bimariés	1	1	loc.	G. Touze H. Barbé	Conquêtes difficiles	3	1	loc.
L. Lebreton, L. Bars	Bon billet de logement (Le)	7	6	loc.	Lebreton-Moreau	Conscrits bretons (Les) d	7	5	loc.
F. Bouvet-F. Muffat	Bonne nuit Tardiveau !	3 ou 2	2 ou 1	loc.	L. Collin	Conscrit tyrolien (Le)	1	1	3 »
E. Bessière	Bo[illegible]oir !!	1	1	loc.	E. Brasseur	Constat d'adultère d	5	3	loc.
Cellier-Joullot	Boudoir discret	2	1	loc.	Hebrekorn et P. Marc	Contes de Piron (Les)	2	10	loc.
Moreau-Gramet	Bougnol et Bougnol		2	loc.	Lebreton-Moreau	Contrôleur des Wagons-Bars (Le)	5	3	loc.

AUVERGNAT PAR AMOUR !..

LOUIS BOUVET ET G. ARRIBAT

A L'EXCELLENT AMI AUGÉ

Auvergnat par amour !..

VAUDEVILLE EN UN ACTE

Représenté, pour la première fois, à Paris.

3 ou 4 H. 2 F.

CONFORME AU VISA DU 15 JANVIER 1905

PARIS
G. JOUBERT, Éditeur, 25, rue d'Hauteville.

Répertoire de la Société Lyrique.

A L'EXCELLENT AMI AUGÉ

AUVERGNAT PAR AMOUR !..

VAUDEVILLE EN UN ACTE

De MM. Louis BOUVET & G. ARRIBAT

PERSONNAGES

RAOUL DÉRIZIÈRES, 25 ans.	Ces 2 rôles peuvent être joués par le même artiste. (Voir variante au cours et à la fin de la brochure).	MM. URBAN.
BOURINAT, Frotteur, 35 ans.		DANGELY.
CHAMPUIS, 50 ans.		SAINT-OMER.
ANGE TRÉGNOL, 30 ans (*Jeune premier ridicule*)		FERNANOYL.
EMMA, fille de Champuis		Mmes FARGET.
ROSALIE, sa bonne		ROSE DERVYL.

Le théâtre représente un salon, porte au fond, portes latérales, ameublement bourgeois.

SCENE PREMIERE

Champuis, Emma.

Emma est assise au premier plan gauche dans un fauteuil, très triste, semblant plongée dans de profondes réflexions. Monsieur Chapuis se promène derrière elle, nerveusement, de long en large, au bout de quelques instants, Emma toussote.)

CHAMPUIS, *s'arrêtant brusquement.*

Tu dis?

EMMA

Moi? rien père, je ne dis rien !

CHAMPUIS

Je le sais bien parbleu ! Et c'est justement ce que je te reproche ! Voyons, dis-moi que tu es contente, enchantée, que ce mariage te plait... que...

EMMA

Et si ce n'est pas vrai ? si je l'aime pas... le prétendant que tu m'as choisi.

CHAMPUIS

Là... ça y est, je l'aurais parié !

EMMA

Que ?

CHAMPUIS

Que tu allais me parler d'amour.

EMMA

Dame, père dans un mariage.

CHAMPUIS, *sentencieux*

Dans un mariage l'amour n'a rien à voir L'amour ! c'est bon dans les romans !

EMMA

Mais père !

CHAMPUIS

Oui, dans les romans, et encore ! si tu l'as remarqué, dans les romans même, le mariage et l'amour sont incompatibles puisqu'ils n'arrivent à s'accorder qu'à la dernière extrémité.. à la dernière page,

EMMA

L'auteur conduit ses personnages à sa guise et ..

CHAMPUIS

Et l'auteur de tes jours prétend avoir les mêmes droits...

EMMA

Ah ! si vous exigez que...

CHAMPUIS

Je n'exige pas, je désire simplement; allons, voyons, pourquoi ne veux-tu pas épouser M. Ange Trégnol ?

EMMA

Parce qu'il ne me dit rien...

CHAMPUIS

Ça prouve qu'il n'est pas bavard... c'est une qualité.

EMMA

Non... il ne me dit rien... physiquement...

CHAMPUIS

Bah ! le physique n'a pas d'importance.

EMMA

On voit bien que ce n'est pas toi qui épouses...

CHAMPUIS

Ce n'est pas moi évidemment sans cela !...

EMMA

.....sans cela ce n'est pas lui que tu aurais choisi...

CHAMPUIS

Ça, je suis encore obligé de l'avouer ! Mais moi, j'aurais eu des raisons pour... Tandis que toi... M. Ange Trégnol est un excellent parti.

EMMA

J'en aime un autre !

CHAMPUIS

Oui, je sais, ton M. Raoul Dérizières !

EMMA

C'est toi même qui me l'as présenté, père.

CHAMPUIS

Je m'en repends bien ! un artiste ! un cabotin !

EMMA, *vexé.*

Pardon un second prix du Conservatoire !

CHAMPUIS

Oui... à la classe des trompettes ! Il joue maintenant la tragédie.

EMMA

Non, la comédie.

CHAMPUIS

Tragédie ou comédie, ça m'est égal, c'est toujours la même chose, d'ailleurs puisque tu tentes de t'opposer à ton propre bonheur, j'ai le devoir de passer outre. Donc M. Trégnol ton fiancé, doit venir cet après-midi te rendre visite... et s'entendre avec moi pour la date du contrat. Il serait bon que tu fisses un peu de toilette.

EMMA

Mais père, je te répète je ne l'aime pas, je ne l'aimerai jamais...

CHAMPUIS, *partant par la droite.*

Bah ! tu te figures ça... mais à la longue... l'amour viendra... Ne te désole pas. Et puis quoi, s'il ne venait pas ! Je lui ai promis ta main je ne lui ai pas promis ton amour.

(Il sort.)

SCÈNE II

EMMA, *seule. Elle se laisse tomber sur le fauteuil qu'elle occupait au lever du rideau.*

Mon père a beau vouloir me fiancer à ce M. Trégnol, jamais je ne l'épouserai; que faire ? Ah ! si je pouvais avertir M. Raoul Dérizières. Mais comment ? je n'ose me fier à la nouvelle bonne. Et depuis deux jours le pauvre garçon doit inutilement attendre un mot de moi. Il va m'accuser de l'avoir oublié. Ah ! que je suis malheureuse ! que je suis malheureuse ! *(Elle pleure.)*

SCÈNE III

Emma, Rosalie

ROSALIE, *entrant par la droite, léger accent auvergnat*

Eh ? bien mademoiselle ! Quelle nouvelle ?.. Tiens, vous pleurez ?

EMMA, *vivement en essuyant ses yeux,*

Non, Rosalie, non... je ne pleure pas.

ROSALIE

Je vous demande pardon Mademoiselle Emma, vous ne vous en rendez peut-être pas compte, mais sûrement vous pleurez ! Oh ! vous pouvez tout me dire allez, je suis une bonne fille, vous ne me connaissez pas encore puisqu'il y a deux jours seulement que je suis ici mais M. Bourinat, votre frotteur, a dû vous parler de moi. Allez Mademoiselle Emma, votre histoire n'est pas difficile à deviner. Votre père veut vous marier à un monsieur de son choix, et vous en aimez un autre.

EMMA

C'est cela.

ROSALI

Est-ce qu'il vous aime lui ?

EMMA

Oh ! oui !

ROSALIE

Alors tout va bien. Il faut le prévenir tout de suite des projets de M. Champuis.

EMMA

Comment ?

ROSALIE

Je ne sais pas moi, comment correspondez-vous d'habitude ?

EMMA

Ecoutez, Rosalie, je vois que vous êtes une bonne fille je vais tout vous confier, Mon père connaît M. Raoul Dérizières et c'est lui qui me l'a présenté. Il voyait d'un œil favorable une union possible.

ROSALIE

Vous aussi.

EMMA

Moi aussi. Malheureusement mon père un beau jour a trouvé pour moi un parti plus avantageux et a rompu toutes relations avec M. Raoul.

ROSALIE

Et vous?

EMMA

Moi non... j'ai continué de lui écrire.

ROSALIE

Ce n'est pas très prudent, mais enfin, comment lui adressiez-vous vos lettres ?

EMMA

Par Julie, la bonne qui était ici avant vous. Je lui remettais ma lettre qu'elle donnait à la marchande de journaux le matin en allant chercher le petit Parisien.

ROSALIE

Tiens ! Tiens.

EMMA

M. Raoul la prenait une heure après en achetant le sien ; et Julie me rapportait la réponse l'après-midi, avec la Patrie.

ROSALIE

C'était bien combiné.

EMMA

Oui, mais, mon père a dû se douter de quelque chose car il a congédié Julie séance tenante sans me permettre de la voir. Il s'ensuit que, depuis deux jours, M. Raoul est sans nouvelles.

ROSALIE

Il faut lui écrire tout de suite et j'irai porter la lettre.

EMMA

Vrai ! vous feriez cela Rosalie ?

ROSALIE

Parbleu, ce n'est pas bien difficile, allez vite griffonner un mot, je fais le guet.
(*Emma s'installe et écrit à la hâte*).

EMMA, *tout en écrivant.*

Avez-vous déjà aimé, Rosalie ?

ROSALIE

Aimé !.. non... j'ai cru aimer.

EMMA

C'est la même chose...

ROSALIE

Non... au contraire... car je n'ai connu de l'amour que le mauvais côté... c'était dès mon arrivée à Paris. Je venais de mon village, j'étais naïve. Le neveu de la dame chez qui je servais abusa de ma crédulité, il me jura qu'il m'aimait, je le crus. Hélas! quand quelques mois après je lui rappelai ses promesses... il m'accusa de chantage et disparut sans laisser d'adresse, moi, je fus congédiée... celui-là, si jamais Bourinat le rencontre!

EMMA

Ce serait à souhaiter et je donnerais quelque chose pour assister à l'entretien! (*Cachetant sa lettre*) Tenez Rosalie... voici la lettre, je ne saurais vous dire combien je vous remercie.

ROSALIE

Donnez... donnez donc.., et ne parlons pas de remerciements... j'y vais tout de suite. (*Elle sort par le fond.*)

EMMA, *seule*.

Allons, il faut, pour le moment du moins obéir à mon père et changer de toilette pour ce M. Ange Trégnol que je déteste... Enfin! (*Elle sort par la gauche*). (*)

SCENE IV

Bourinat

BOURINAT, *entre de droite, costume de frotteur, veste noire, pantalon de velours, sac, ceinture rouge.*

C'est moi, Bourinat, le frotteur de M. Champuis; c'est extraordinaire! la porte de service était ouverte et Rosalie n'est pas dans sa cuisine. Ce qu'elle va être surprise mademoiselle Rosalie de me voir aujourd'hui, mardi, moi qui, d'ordinaire, ne viens frotter que le vendredi! C'est monsieur qui m'a fait venir aujourd'hui... Paraît que ce soir il y aura du monde, enfin, ça y est, j'ai bien réfléchi c'est aujourd'hui que je vais demander la main de Rosalie... Je sais bien qu'un sacré galapiat a abusé d'elle, puisqu'elle me l'a avoué... mais l'amour cha ne che raisonne pas... même avec tache j'en suis fou... elle est chi jolie... une bouche, des yeux, des dents, pas des yeux dedans la bouche.., non, des yeux bleus sur un front blanc, rouge... c'est une femme tricolore et avec cha une poitrine du plus joli dessin... quand je dis du plus joli dessin, je veux dire avec les plus jolis des seins, car elle en a deux, un à gauche, l'autre.,. l'autre à droite parbleu, car cha ne cherait pas rigolo que le deuxième il soit sur le ventre.,. Ah! quand j'y pense... je me sens des fourmis dans les extrémités... voyons Bourinat contiens-toi... frotte mon garçon, frotte. (*Il se met à frotter*) Ah! chapristi! j'ai oublié l'essence... cette femme me fait perdre *l'essence*.

(*) Si les rôles de Raoul et de Bourinat sont réunis passer d'ici à la Scène VII.

SCENE V

Bourinat, Emma.

(*Emma entre de gauche*).

EMMA

Ah! c'est vous père Bourinat? Rosalie n'est pas de retour.

BOURINAT

Non mademoigelle... ch'est-y que vous ne seriez pas contente d'elle?

EMMA

Au contraire!

BOURINA

A la bonne heurre... cela m'encourage à persister dans ma résolution de l'épouser... car che l'aime allez...

EMMA

Et elle vous aime-t-elle?

BOURINAT

Ch'est ce que je vais lui demander aujourd'hui et mademoiselle cherait bien bonne si elle conchentait à seconder mes projets matrimoniaux; comme mademoiselle peut le constater, je suis joli garçon et puis, ce qui n'est pas à dédaigner, j'ai quelqu'argent devant moi.

EMMA

Je ne sais si elle en a autant que vous?

BOURINAT

Oh! ce qu'elle a me suffit.

EMMA

Soit, je veux bien parler pour vous, mais, service pour service, quand elle sera votre femme vous voudrez bien l'autoriser à faciiter ma correspondance avec M. Raoul Dérizières ?

BOURINAT

Votre bon ami ? Volontiers, Mademoiselle d'autant que je sais que M. Champuis veut vous faire épouser un bougri de galapiat que vous n'aimez pas... Eh bien... entendu Mademoiselle, entendu.

EMMA

Mais excusez-moi... je vous quitte, si mon père me surprenait conversant avec vous, il se douterait de quelque chose... au revoir, père Bourinat, merci et comptez sur moi. (*Elle sort à gauche*).

SCÈNE VI

Bourinat, *seul.*

Brave petite fille ! mais ch'est pas tout cha. Faut que je vas chercher mon essence .. Je vais repasser par la cuisine, comme cha je verrai si Rosalie est de retour.

SCÈNE VII

La scène reste vide quelques instants puis après deux frappements sans réponse la porte du fond s'ouvre timidement et Raoul Dérizières paraît en costume de frotteur, veste noire et pantalon de velours sac, en toile rouge, bâton traditionnel et ceinture de flanelle bleue costume à peu près semblable à celui de Bourinat. Il porte une fausse barbe.

Raoul, *seul.*

Personne ? Tant mieux, je vais avoir le temps de me retourner. Dieu que la barbe tient chaud quand on a pas l'habitude. (*il l'ôte*) C'est très risqué ce que je fais là mais tant pis, depuis trois jours, je suis sans nouvelles d'Emma et mon inquiétude était trop grande. Alors, j'ai cherché un moyen de me rapprocher d'elle et de tromper la surveillance du concierge à qui, je le sais, M. Champuis a donné des ordres me concernant ; et j'ai trouvé ce truc, me faire la tête de Bourinat, leur frotteur. D'ailleurs, aujourd'hui, je n'ai rien à craindre, M. Champuis doit comme chaque mardi être à son Conseil d'administration. Bourinat ne vient frotter que le vendredi. Emma doit être seule avec Julie, sa bonne, qui nous est toute dévouée... Tachons d'abord de voir Julie. (*il se dirige vers la droite comme on frappe au fond*). On frappe. Ah !... sapristi, (*il remet vivement sa fausse barbe.*) Je ne suis pas rassuré. (*la porte s'ouvre Ange Trégnol paraît ; pour se donner une contenance Raoul se met à frotter très gauchement*).

SCÈNE VIII

Raoul, Ange Trégnol

ANGE TRÉGNOL, *un bouquet à la main.*

Pardon brave homme, M. Champuis est là ?

RAOUL, *frottant plus fort, sans lever la tête et s'ingéniant à parler auvergnat.*

Non mochieu, che ne grois pas, chamais le mardi.

ANGE TRÉGNOL

Les mardis ordinaires oui je sais, mais aujourd'hui, ce n'est pas un mardi ordinaire.

RAOUL

Tiens pourquoi cha ?

ANGE, *à part.*

Il est curieux (*haut*) Mais parce que demain doit avoir lieu la signature du contrat de mariage de sa fille.

RAOUL, *oubliant son accent.*

Hein ! d'Emma ?

ANGE, *à part.*

Il est familier (*haut*) Oui de mademoiselle Emma.

RAOUL, *suffoquant*

Avec ?

ANGE, *très fort.*

Avec moi !... (*Raoul serre les poings et ne se contient qu'avec peine*). Mais dites-moi bonhomme, vous me faites l'effet d'un singulier auvergnat. Il y a 5 minutes vous aviez un accent... très prononcé et maintenant vous causez... presqu'aussi bien que moi.

RAOUL, *reprenant son rôle et son accent.*

Che fais vous expliquer. Che chuis né d'un

auvergnat et d'une mère parisienne, che qui fait que je parle tantôt d'une chorte, tantôt d'une autre.

ANGE

Tiens, c'est très curieux !

RAOUL, *à part.*

Ah ! si je pouvais l'anéantir !

SCENE IX

Raoul, Ange, Champuis.

(M. Champuis entre par la gauche.)

ANGE

Ah ! voici M. Champuis.

CHAMPUIS

M. Ange Trégnol ! mon gendre.

ANGE

Cher beau père !

RAOUL, *s'acharnant à frotter en tournant le dos à Champuis.*

(A part.) Plus de doute ! Je comprends à présent le silence d'Emma.

ANGE

Mlle Emma se porte bien ?

CHAMPUIS

Très bien merci, d'ailleurs vous allez pouvoir vous en rendre compte vous-même. Elle attendait avec impatience votre arrivée.

ANGE, *modestement.*

Oh ! avec impatience...

CHAMPUIS

Si... si... je maintiens le mot... je vous l'affirmé vous avez fait sa conquête...

RAOUL, *à part.*

Etre forcé d'entendre cela. *(Il frotte avec rage).*

CHAMPUIS

Vous êtes un don Juan !

RAOUL, *à part.*

Pourvu qu'il ne me reconnaisse pas ! ce serait le bouquet.

CHAMPUIS, *remarquant l'ardeur de Raoul.*

Vous semblez plein de vigueur aujourd'hui père Bourinat !

RAOUL, *sans se retourner.*

Oui ! mochieu oui !...

CHAMPUIS

Dites donc père Bourinat, si cela vous êtes égal, vous devriez bien commencer par le petit bureau. *(Il lui montre la porte de droite.)*

RAOUL

Ah ! mochieu cha m'est tout à fait égal. *(En ramassant ses affaires.)* Si je me souviens le petit bureau est proche de la cuisine, je vais pouvoir rencontrer Julie et connaître mon sort.

(Il sort à droite.)

CHAMPUIS, *achevant une conversation à voix basse.*

C'est entendu ! d'ailleurs je vous le répète vous n'avez rien à craindre, elle vous aime déjà, j'en mettrai votre main au feu. *(L'entraînant à gauche.)* Allons venez... ne la laissons pas languir, cette pauvre enfant.

ANGE

Comment donc ! je suis moi-même d'une impatience !

CHAMPUIS

Ah ! l'amour ! l'amour !...

(Ils sortent.)

(Trégnol a toujours son bouquet à la main.)

SCENE X

Rosalie, Bourinat.

(Ils entrent tous deux par le fond.)

BOURINAT

Ah ! mademoiselle Rosalie ! Je chuis content, je suis très content !

ROSALIE

De quoi donc M. Bourinat !

BOURINAT

Mais de che que le patron m'a fait dire de venir frotter aujourd'hui.

ROSALIE

Bien sûr, c'est toujours ça de gagné.

BOURINAT

Oh ! che n'est pas cha, che veux dire che n'est chela, cheulement. Bien chur, cha fait plaijir de gagner quelques chous. Mais voyez vous che n'est rien, chela à côté du plaijir bien plus grand d'être près de vous.

ROSALIE

M. Bourinat,

BOURINAT

Ah ! Mademoijelle Rojalie, chi vous chaviez, chi vous chaviez !

ROSALIE

Quoi donc ?

BOURINAT

Rien du tout !

ROSALIE, *riant.*

Alors, je ne puis savoir en effet.

BOURINAT

Eh ! bien chi tenez, j'aime mieux vous le dire tout de chuite. Mademoijelle Rojalie, che vous chaime !

ROSALIE, *jouant l'émotion.*

Ah ! M. Bourinat cet aveu-là... comme çà.

BOURINAT

Moi vous le chavez, che n'y vais pas par quatre chantiers !

ROSALIE

Par quatre chantiers ?

BOURINAT

Oui par quatre chantiers... Par 4 chemins quoi. Ah ! Mademoiselle Rosalie, chi vous vouliez ! chi vous vouliez !

ROSALIE

Quoi ?

BOURINAT

Rien du tout !

ROSALIE

Alors, vous ne saurez jamais si je veux.

BOURINAT

Eh ! bien chi là... si vous vouliez être ma femme... Che frotterais tous les chours et toutes les nuits.

ROSALIE, *scandalisée.*

M. Bourinat.

BOURINAT

Et che venderais du charbon, des chataignes, che porterais de l'eau...

ROSALIE

Ça ne se fait plus.

BOURINAT

Chi... de l'eau minérale. Enfin che ferais tout pour gagner de l'argent pour que vous choyez heureuse et belle.

ROSALIE

M. Bourinat votre proposition me surprend je ne m'y attendais pas et je ne puis...

BOURINAT, *à genoux.*

Ah ! mademoijelle Rojalie, che vous en supplie ne dites pas non, vous ne savez pas che que c'est qu'un auvergnat qui aime ! *Rosalie fait quelques pas, Bourinat la suit en marchant sur les genoux.*) Chi che chavais que che ne cherais chamais votre mari ! Bougri de galapiat ! che crois que je pleurerais. (*Il sanglote.*)

ROSALIE

Relevez-vous M. Bourinat, si le patron entrait. D'abord, si j'avais été décidée à vous dire non, je vous l'aurais dit tout de suite.

BOURINAT

Alors, c'est oui ?

ROSALIE

Vous savez qui je suis, je ne vous ai rien caché, vous connaissez ma mésaventure, l'abandon dont j'ai été victime !

BOURINAT

Oui che chais tout cha... Mais cha ne fait rien che veux tout de même. Oh ! si chamais che le rencontre, foi de Bourinat, il pachera un bien mauvais quart d'heure.

(*On entend sonner*).

ROSALIE

Zut ! voilà le patron qui sonne. Ah ! il attendra bien un instant.

BOURINAT

Ah ! que che chuis content, que che chuis donc content d'être venu frotter auchourd'hui. (*Il s'installe et commence à frotter. Second coup de sonnette.*)

ROSALIE

C'est à la signature du contrat de Mademoiselle Emma que vous devez cela.

BOURINAT

Elle che marie la bonne demoiselle et avec qui !

ROSALIE

Ah ! je ne le connais pas, mais ça n'a pas l'air de lui faire plaisir la pauvre !..

SCÈNE XI

Rosalie, Bourinat, Champuis.

CHAMPUIS, *entrant par la gauche, une dépêche à la main.*

Eh ! bien Rosalie, ma fille, ne vous gênez pas, vous n'avez pas entendu sonner.

ROSALIE, *avec aplomb.*

Non, Monsieur !

CHAMPUIS

Et vous, père Bourinat, déjà fini le petit bureau.

BOURINAT

Non mochieu, che commence par le chalon.

CHAMPUIS

Mais non voyons je vous ai dit il n'y a pas dix minutes, par le petit bureau.

BOURINAT, *avec un long sourire.*

Oh ! mochieu Champuis, vous n'avez pas pu me dire cha, attendu qu'il y a 10 minutes que je suis là.

CHAMPUIS

Si, je vous l'ai dit, je ne suis pas fou... En tout cas, si vous ne vous en rappelez pas, je vous le dit maintenant... Allez.

BOURINAT

Ché bien ! ché bien. (*Il ramasse son matériel.*)

CHAMPUIS

Ou plutôt non, tenez allez me porter tout de suite cette dépêche au télégraphe, c'est pour mon tapissier.

BOURINAT

Bien mochieu ! (*Il sort par le fond, emportant ses ustensiles*)

CHAMPUIS

Vous Rosalie, venez, nous allons avoir besoin de vous. (*Ils vont sortir par la gauche, comme entre Emma, par la même porte.*)

SCENE XII

Rosalie, Champuis, Emma.

CHAMPUIS

Comment Emma? tu laisses M. Ange Trégnol tout seul?

EMMA

Oui, il m'a demandé la permission d'allumer un cigare et, vous le savez, l'odeur du tabac me faisant mal...

CHAMPUIS

Allons, c'est bien. (*A part*) Elle n'a pas encore l'air très enflammée, mais il vaut mieux ne rien brusquer. (*Haut*) Venez Rosalie. (*Ils sortent par la gauche.*)

SCENE XIII

Emma, *puis* **Raoul.**

EMMA, *seule.*

Pauvre père s'en donne-t-il un mal pour me faire accepter le mariage qu'il projette, s'il savait comme il perd son temps il n'insisterait pas. J'ai promis à M. Raoul de ne pas en épouser d'autre que lui... Je n'en épouserai pas d'autre. (*Elle s'assied dans le fauteuil.*)

RAOUL, *entrant par le fond, d'abord sans voir Emma.*

Du petit bureau, j'ai gagné la cuisine, de la cuisine, le jardin ; personne nulle part, ni Julie, ni Emma. (*L'apercevant.*) Elle !,.

EMMA

Père Bourinat !..

RAOUL, *ôtant sa barbe et sa perruque.*

Mademoiselle !

EMMA

M. Raoul ! Vous ! vous sous ce déguisement...

RAOUL

Oui, voyez ce dont je suis capable pour me rapprocher de vous ! Je me mourrais d'inquiétude sans nouvelles, dame je ne pouvais deviner la cause de votre silence.

EMMA

C'est vrai !

RAOUL

J'ai pris ce travestissement pour venir moi-même aux informations... Fatale idée !..

EMMA

Fatale pourquoi ?

RAOUL

Par ce qu'elle m'a permis d'apprendre...

EMMA

Quoi ?

RAOUL

Vous tenez à me le faire dire, soit : votre prochain mariage.

EMMA

Et vous avez cru ?...

RAOUL

Il m'a bien fallu croire puisque je l'ai appris de la bouche de votre fiancé... et que votre père lui-même me l'a confirmé.

EMMA

Vous les avez vus tous deux ? vous leur avez causé ?

RAOUL

Oui, mais soyez tranquille ils ne m'ont pas reconnu, vous n'êtes nullement compromise.

EMMA

M. Raoul c'est mal, vous êtes méchant.

RAOUL

Quoi ! c'est moi qui ?

EMMA

Oui, c'est mal de me croire capable d'oublier les promesses que je vous ai faites, et de m'accabler de vos railleries au moment même ou j'aurais tant besoin d'être soutenue.

RAOUL

Mais...

EMMA

Je n'ai pu vous écrire depuis deux jours, mon père a congédié Julie, ce n'est que tout à l'heure seulement que j'ai pu vous adresser un mot par ma nouvelle bonne. J'ai cru que vous l'aviez reçu.

RAOUL

Non, mais alors ce mariage ?

EMMA

Il ne se fera pas...

RAOUL

Votre père semble y tenir pourtant.

EMMA

N'importe, je trouverai un moyen..

RAOUL

Je vous seconderai autant qu'il sera en mon pouvoir.

EMMA

Chut ! du bruit...

RAOUL

Frotteur, à ton poste !... (*Il remet sa barbe et sa perruque et recommence à frotter, Emma prend une pose indifférente.*)

SCÈNE XIV

Emma, Raoul, Champuis *et* Trégnol.

(Champuis et Trégnol entrent par la gauche. Trégnol a toujours son bouquet.)

CHAMPUIS

C'est entendu mon gendre rendez-la heureuse, voilà tout ce que je vous demande.

EMMA, *à part.*

Ce sera difficile.

RAOUL, *à part.*

Ah ! si je pouvais le pulvériser.

CHAMPUIS, *à Raoul qui frotte avec acharnement.*

Comment père Bourinat, déjà de retour ?

RAOUL, *inquiet, mais sans lever la tête.*

De retour?

(Trégnol va causer à Emma qui le reçoit froidement.)

CHAMPUIS

Oui, vous avez porté ma dépêche ?

RAOUL, *accent auvergnat.*

Une dépêche mochieu ? quelle dépêche !

CHAMPUIS

Ah ! père Bourinat, ma parole, vous devenez fou, celle que je vous ai prié de porter au télégraphe il y a quelques instants.

RAOUL

Non, vous m'avez dit de chirer le petit bureau.

CHAMPUIS

Comment vous vous en rappelez maintenant ?

RAOUL

Dame !

CHAMPUIS

Vous avez la mémoire intermittente, mais enfin... cette dépêche, qu'en avez-vous fait ?

RAOUL, *sans comprendre.*

La dépêche ah ! oui ! oui ! oui ! Eh ! bien... che l'ai portée la dépêche che l'ai portée...

CHAMPUIS

C'est tout ce que je vous demande.

RAOUL, *à part.*

Si j'y comprends un mot !

CHAMPUIS

Tenez, venez avec moi, il n'y a plus de bois pour la cheminée du salon, vous aller m'en scier un peu.

RAOUL

Ah ! vous voulez me faire scier... du bois à présent?

CHAMPUIS, *interloqué.*

Hein ! *(Comprenant.)* Ah ! scier... du bois parfaitement, ça rentre dans vos attributions. Et puis *(Confidentiellement.)* Il faut laisser les tourtereaux roucouler en paix.

RAOUL, *à part.*

Ça c'est trop fort par exemple ?

CHAMPUIS

Allons, venez donc père Bourinat.

(Il entraîne Raoul et tous deux sortent par la gauche. Echange de coups d'yeux entre Raoul et Emma.)

SCÈNE XV

Emma, Trégnol.

TRÉGNOL

Je vous en prie, Mademoiselle, daignez agréer ces quelques fleurs, discret hommage de mon violent amour.

EMMA

De votre violent amour ! non, monsieur Trégnol, je vous en prie à mon tour, nous sommes seuls, jetez le masque.

TRÉGNOL

Le masque ? quel masque ?

EMMA

Celui que vous avez pris ici le jour où vous avez commencé à me faire la cour.

TRÉGNOL

Mademoiselle !

EMMA

Non mais, vraiment, sincèrement, vous m'aimez!..

TRÉGNOL

Mademoiselle je n'ai qu'une parole et...

EMMA

... Et c'est probablement pourquoi vous la reprenez si souvent,..

TRÉGNOL

Je ne comprends pas!

EMMA

Ne m'obligez pas à préciser, enfin j'admets pour un instant que vous m'aimez, mais moi, Monsieur, moi, j'ai le regret de vous dire que je ne vous aime pas du tout.

TRÉGNOL

J'avais déjà cru m'en apercevoir.

EMMA

Vous êtes perspicace. Et cette constatation ne vous a pas arrêté?

TRÉGNOL

Non, mademoiselle, car je suis sage.

EMMA

Vous m'étonnez...

TRÉGNOL

Je me suis dit: marions-nous d'abord, l'amour viendra après.

EMMA

Vous vous êtes trompé; l'amour ne viendra pas, l'amour ne viendra jamais, car j'ai le cœur pris, j'en aime un autre.

TRÉGNOL

Ah!

EMMA

C'est tout ce que vous trouvez à dire.

TRÉGNOL

Dame devant une telle révélation je... je...

EMMA, *vivement.*

Vous renoncez à vos projets.

TRÉGNOL

Au contraire!

EMMA, *déçue.*

Ah!..

TRÉGNOL

Jusqu'ici je ne voyais dans ce mariage qu'une satisfaction personnelle. J'étais égoïste, à présent j'y vois un devoir...

EMMA, *surprise.*

Un devoir...

TRÉGNOL

Oui, celui de vous sauvegarder des tourments que ne manque jamais d'apporter l'amour...

EMMA

Mais vous ne savez pas qui j'aime.

TRÉGNOL

N'importe! l'amour traîne toujours après soi un cortège de désillusions, c'est une règle générale.

EMMA

Et le vôtre alors? puisque vous dites m'aimer.

TRÉGNOL

Le mien fait exception et confirme la règle...

EMMA, *dépitée.*

Ah! c'est trop fort!

TRÉGNOL, *offrant de nouveau son bouquet.*

Mademoiselle, je vous en prie, veuillez agréer ces quelques fleurs, hommage de...

EMMA, *se levant brusquement.*

Zut! vous m'ennuyez, je vous savais bête, mais je vous croyais au moins galant homme, je me suis trompée je le vois.. Dans ce mariage, l'intérêt seul vous guide, ce n'est pas moi que vous recherchez, c'est ma dot.

(Elle sort furieuse par le fond. Trégnol reste seul, planté au milieu de la scène son bouquet à la main.)

SCÈNE XVI

Trégnol, *puis* **Rosalie**.

TRÉGNOL, *seul, après être resté quelques instants immobile*.

Raté !.. Ce n'est vraiment pas de la passion qu'elle a pour moi, décidément les jeunes filles de famille ce n'est pas ma spécialité !.. j'ai plus de succès auprès des bonnes... (*Souriant à un souvenir*) J'en ai même parfois trop... Témoin cette pauvre Rosalie... l'ancienne bonne de ma tante... Dieu qu'elle était fraîche et gentille... Pas ma tante... sa bonne... Rosalie... et naïve !.. elle arrivait de son pays... de Rodez... je la vois encore !..

ROSALIE, *elle est entrée par le fond et se trouve face à face avec Trégnol*

Ah ! lui !...

TRÉGNOL

Elle !...

Ils restent un instant abasourdis, se regardant tous deux.

ROSALIE

Enfin ! Je vous retrouve.

TRÉGNOL

Oui !.. Oui... c'est extraordinaire comme on se rencontre ! n'est-ce pas !

ROSALIE

Ah ! vous êtes un joli monsieur ! un joli coco.

TRÉGNOL

Mais...

ROSALIE

Ah ! mon petit tu sais, il y a assez longtemps que je te cherche, puisque je te trouve enfin, tu vas en entendre pour deux sous. Ingrat, mufle, gougeat (*elle crie*).

TRÉGNOL, *effrayé*.

Chut ! chut !

ROSALIE

Me taire ? non, mais tu n'y penses pas !... comment voilà deux ans que j'attends le moment pour te dire tes vérités et tu voudrais que je me taise.

TRÉGNOL

Tusse... tusse, que tu te tusses.

ROSALIE, *elle crie plus fort*.

Etre ignoble, vil individu.

TRÉGNOL

Mais tais-toi donc ?

ROSALIE

Infâme séducteur ! Dégoûtant personnage.

TRÉGNOL, *affecté*.

Rosalie... Je t'en prie !... je te donnerai !... (*il cherche*) Tiens... ce bouquet ! accepte ces fleurs hommage de mon.....

ROSALIE

Tes fleurs ! tu peux te les... Ah ! tiens tu me ferais dire des monstruosités. Et d'abord que viens tu faire ici ?

TRÉGNOL

Rien... je... je... passais... alors en passant...

ROSALIE

Ah ! je devine !... tu viens pour mademoiselle Emma !

TRÉGNOL

Mais...

ROSALIE

C'est cela parbleu ! ce bouquet ! Eh ! bien il est propre le fiancé !

TRÉGNOL

En voilà assez Rosalie, tais-toi !

ROSALIE

Plus souvent ! je veux que tout le monde connaisse ta conduite...

TRÉGNOL

C'est trop fort ! (*il court vers elle, Rosalie fuit.*)

ROSALIE

Me battre ! Il ne te manquait plus que ça (*elle crie*) Lâche ! Lâche ! Lâche !

TRÉGNOL

Tais-toi ! gueuse ! te tairas-tu !

Eperdu Trégnol va l'attraper et lui imposer silence par la force quand entre Bourinat par le fond, il s'interpose et arrête Trégnol en le saisissant au collet.

SCÈNE XVII

Trégnol, Rosalie, Bourinat

BOURINAT

Qu'est-che qu'il y a et qu'est-ce que c'est que che pierrot-là.

ROSALIE

C'est mon séducteur... le godelureau qui m'a abandonnée.

BOURINAT

Lui ! ch'est lui, che galapiat. Ah ! bougri de bougra !

TRÉGNOL

Lâchez-moi.

BOURINAT

Ah ! misérable ! (*il lui flanque un coup de poing, Trégnol arrive à se dégager de son étreinte*).

TRÉGNOL

Mais il est toqué cet auverpin !

BOURINAT

Auverpin ! il m'a appelé auverpin. Ah ! attends un petit peu ! (*il court après lui*).

ROSALIE, *tentant à l'arrêter*

M. Bourinat de grâce... pas... ici !

BOURINAT... *toujours courant.*

Auverpin ! ah ! tu vas me le payer... Bougri de galapiat ! (*il le rejoint, courte lutte*) Tiens voilà... pour elle !... (*coup de poing*).

TRÉGNOL

Au secours !

BOURINAT

Tiens voilà pour moi (*Nouveau coup.*)

TRÉGNOL

Au secours ! à moi !

ROSALIE

Bourinat !.. je vous en supplie ! (*Trégnol échappe de nouveau il a les deux yeux pochés et son habit en loques. Nouvelle poursuite, tous trois courent à travers l'appartement. Bourinat après Trégnol, Rosalie après Bourinat.*)

BOURINAT

Attends ! attends, che fais t'en flanquer encore. (*Enfin Trégnol parvient à gagner la porte du fond et se sauve, emportant son bouquet qu'il n'a pas lâché, Bourinat va le suivre.*)

ROSALIE, *lui barrant la route.*

Non M. Bourinat assez !

BOURINAT

Si... si... che veux...

ROSALIE

Assez... faites-le pour moi !

BOURINAT

Vous l'aimez donc encore che galapiat.

ROSALIE

Mais non, vous le savez bien, si vous ne le faites pas pour moi, faites-le pour M. Champuis (*A part*) Quel scandale ! (*Haut*) Venez par ici... dans la cuisine...

BOURINAT

Non... non...

ROSALIE

Si... je le veux... (*Elle l'entraîne.*)

BOURINAT

A ch'est bien pour vous faire plaisir mademoiselle Rosalie. (*Ils sortent par la droite.*)

SCÈNE XVIII

Champuis, Trégnol, Emma. *Ils entrent tous trois par le fond. Emma et son père soutenant Trégnol qui est dans un état lamentable.)*

CHAMPUIS

Allons voyons... n'ayez plus peur, je suis

là,. c'est inimaginable!.. une pareille scène chez moi, Là... asseyez-vous... Ah! j'avais bien remarqué que le père Bourinat avait quelque chose, il me semblait tout drôle, je l'avais à peine reconnu... mais je n'aurais jamais cru qu'il puisse devenir fou furieux.

EMMA, *à part.*

C'est égal... Raoul a été trop loin.

TRÉGNOL

Me voilà propre pour demain !

CHAMPUIS

Nous allons être obligés de remettre ça à quinze jours c'est très embêtant pour moi...

TRÉGNOL

Pour moi aussi.

CHAMPUIS

Oui j'en conviens !.. Mais avant de penser à l'avenir.., il faut penser au présent. Vite Emma cours au poste de police, dire qu'on envoye dix ou douze agents avec des camisoles de force. Fais les presser surtout., dis leur que ton père et ton fiancé sont en danger de mort... Moi j'ai mon revolver... en tout cas. (*Il le sort de sa poche.*)

EMMA

J'y cours ! (*A part en partant.*) Il faut à tout prix que je cause à Raoul... mais où vais-je le trouver ! (*Elle sort par le fond*).

CHAMPUIS

C'est égal, ce pauvre père Bourinat, il est à plaindre tout de même.

TRÉGNOL, *se tamponnant l'œil.*

Eh! bien et moi !

SCÈNE XIX

Champuis, Trégnol, Raoul. *La porte de gauche s'ouvre doucement. Raoul paraît très calme, sans voir Champuis ni Trégnol,)*

TRÉGNOL, *à mi-voix.*

Lui !

CHAMPUIS, *de même.*

Ah! Sapristi!.. (*A Trégnol*) Du courage que diable ! (*Il arme son revolver, tous deux font, pendant ces deux répliques, un mouvement de retraite vers la porte du fond mais sans le vouloir Raoul y arrive avant eux.*)

RAOUL, *toujours sans les voir.*

Ah! non décidément j'en ai assez de frotter, de scier du bois et de parler auvergnat. (*Pendant ce monologue Champuis et Trégnol se voyant la retraite fermée, se sont réfugiés dans le coin droit de la scène en amenant doucement les chaises à leur portée, pour s'en faire un rempart derrière lequel ils se taupent. Raoul les apercevant brusquement.*) Ah ! (*Il reste interdit.*)

CHAMPUIS, *à Trégnol, à mi-voix.*

Il a l'air assez calme n'est-ce pas?

TRÉGNOL

Oh ! beaucoup plus que tout à l'heure.

CHAMPUIS, *se hasardant.*

Père Bourinat ! (*Raoul ne bouge pas*).

CHAMPUIS

Père Bourinat.

RAOUL, *à part.*

Ah ! c'est vrai, c'est à moi qu'il en a ! (*haut*) Qu'est-che qu'il y a mochieu ? (*Il s'avance instinctivement*).

CHAMPUIS, *vivement, braquant son revolver.*

N'avancez pas, n'avancez pas où je fais feu.

RAOUL, *reculant vivement.*

Hein ! (*A part*) Ah ! ça mais ils sont fous.

CHAMPUIS, *reprenant de l'assurance.*

Allons voyons père Bourinat, allez-vous mieux? Êtes-vous calmé ?

RAOUL

Calmé ?

CHAMPUIS

Oui enfin, cette crise !...

RAOUL

Chette crise? che ne chais pas mochieu che dont vous me parlez.

CHAMPUIS

Je voulais dire cette... grande colère.

RAOUL

Che ne comprends pas ! (*A part*) Il veut que je me coupe, mais ça ne prend pas.

CHAMPUIS, *a Trégnol.*

C'est cela parbleu, toujours la mémoire intermittente ! (*haut*). Enfin voyez dans quel état vous avez mis ce pauvre jeune homme !.. (*Il montre Trégnol.*)

RAOUL

Moi ?

CHAMPUIS

Oui, vous ! vous ne vous rappelez pas ? je le veux bien, ce n'est pas de votre faute, mais enfin, c'est vous, je vous l'affirme !

(*Enhardis par le calme de Raoul tous deux se décident à sortir de leurs retranchements*).

RAOUL

Vous vous trompez chertainement.

TRÉGNOL

Hélas non, mes souvenirs sont exacts... et cuisants.

(*Il se tamponne l'œil et passe à droite de Raoul, Champuis reste à sa gauche*).

CHAMPUIS, *à part.*

C'est extraordinaire le curieux effet de cette crise on dirait qu'il a maigri.

(*Ou grossi, ou grandi, suivant la corpulence de l'artiste qui interprêtera le rôle, comparative- à Bourina*) (*très doux*).

Voyons, vous n'avez aucun sujet de lui en vouloir à ce jeune homme.

RAOUL, *à part.*

Hum ! (*haut*) Non !

TRÉGNOL, *lui serrant la main à la dérobée, bas.*

Merci !

RAOUL, *à part.*

Hein !

CHAMPUIS

Vous ne le connaissiez pas !

RAOUL

Non !

TRÉGNOL, *même jeu.*

Merci !

RAOUL, *à part.*

Ah ! ça qu'est-ce qu'il a ?

CHAMPUIS

Alors, je ne comprends pas du tout votre conduite.

TRÉGNOL, *bas à Raoul.*

Ne parlez pas de Rosalie il y a 5 louis pour vous.

RAOUL, *haut, interloqué.*

Rosalie ? Qu'est-ce que c'est que cela ?

CHAMPUIS, *à part.*

Pauvre homme ! il ne se souvient même pas d'elle ! (*haut*) Rosalie, voyons, votre payse, vous vous rappelez bien... Tenez la voilà...

SCÈNE XX

LES MÊMES, **Rosalie**, *qui entre par la droite.*

RAOUL, *la regardant.*

Connais pas !

TRÉGNOL, *à part.*

Sapristi ! je voudrais bien m'en aller.

ROSALIE, *elle s'arrête brusquement.*

Ah ! ah ! monsieur, je rêve ! je suis folle !

CHAMPUIS, *à part.*

Allons bon elle aussi ! (*haut*) Qu'est-ce qu'il y a ma fille ?

ROSALIE

Il y a, monsieur que je quitte Bourinat à la seconde, dans la cuisine et je le retrouve ici !

RAOUL, *à part.*

Sapristi Bourinat est là me voilà propre !

CHAMPUIS

Voyons ma fille, c'est impossible puisqu'il y a plus de 10 minutes que nous causons avec lui ici...

ROSALIE

Ah ! non monsieur, j'en suis certaine. Tenez allez voir dans la cuisine, sûrement il y est encore.

CHAMPUIS

Mais palsembleu ! je vous le répète, c'est impossible ! Puisqu'il est là.

ROSALIE, *reculant épouvantée.*

Non... non... c'est son ombre !

CHAMPUIS, *désespéré.*

(*A part.*) Et de deux !

RAOUL, *à part.*

Je voudrais bien m'en aller.

TRÉGNOL

Beau-père excusez-moi, je me retire...

(*Il fait un pas de retraite.*)

CHAMPUIS

Me quitter dans un pareil moment ah ! non (*A part.*) Et Emma qui ne revient pas ! (*A Rosalie.*) Voyons Rosalie, remettez-vous. Voilà Bourinat, votre pays.

ROSALIE, *allant à la porte.*

Eh ! non Monsieur, ce n'est pas lui... Tenez la preuve... c'est que le voici !...

(*Bourinat paraît à son tour à droite.*)

SCÈNE XXI

LES MÊMES, **Bourinat.**

RAOUL, *à part.*

Zut ! le voilà...

CHAMPUIS

Ah ! mais, je deviens fou aussi.

TRÉGNOL

Et moi donc ! ça se gagne !

BOURINAT, *regardant Raoul.*

Qu'est-che que c'hest que chelui-là ?

CHAMPUIS

Deux frotteurs ! c'est un de trop, je vais en tuer un...

TOUS, *effrayés.*

Ah ! Ah !

SCÈNE XXII

Tous

EMMA, *entrant par le fond.*

Père... le commissaire n'a... (*Apercevant Bourinat et Raoul.*) Ah ! deux Raoul !

CHAMPUIS

Comment deux Raoul ? Il faut que cela finisse (*A Bourinat.*) Voyons, qui es-tu ?

BOURINAT

(*A part.*) Il est fou (*Haut.*) Mais che chuis Bourinat ! mochieu ! che l'ai toujours été, mon père auchi !

CHAMPUIS, *montrant Raoul.*

Eh ! bien et lui ? C'est donc ton frère !

BOURINAT

Che n'en ai point !

CHAMPUIS

C'est donc quelqu'un des tiens ?

RAOUL, *retirant sa barbe.*

Non monsieur !

CHAMPUIS

(*Surpris.*) Ah ! M. Dérizières ! (*Sévère.*) Monsieur de quel droit pénétrez-vous chez moi ?

RAOUL

Excusez-moi !... c'est vrai, j'ai eu tort, mais j'aime tant Mlle Emma.

CHAMPUIS

... Que vous n'avez pas hésité à recourir à un déguisement pour vous introduire ici et pour vous débarasser d'un rival. (*Il montre Trégnol qui doucement commence à gagner la porte.*)

BOURINAT

Comment !... Il est encore là chelui-là ! Ah ! Attends un petit peu... Bougri de bougra...

(*Il court sur lui, Champuis et Raoul s'interposent.*)

CHAMPUIS

Eh ! bien ! Eh ! bien Père Bourinat !

BOURINAT

Lâchez-moi ! Lâchez-moi ! Che veux en faire une purée de marrons !

CHAMPUIS

Mais, voyons, pourquoi ?

ROSALIE

Je vais vous dire, Monsieur est le séducteur dont je vous ai parlé.

CHAMPUIS

Lui? impossible,.. Voyons Trégnol, défendez-vous, expliquez-vous !...

TRÉGNOL, *sortant.*

Excusez-moi, Monsieur, j'ai quelques courses urgentes. (*Il fuit.*)

CHAMPUIS, *affaissé.*

Lui !... et j'allais lui donner ma fille!

BOURINAT

Eh ! bien c'haurait été du propre.

CHAMPUIS

Enfin fort heureusement, le misérable est démasqué ! Ma pauvre Emma, voilà ton mariage manqué.

EMMA

J'en suis bien heureuse père... Mais je le serais bien davantage, si vous vouliez.

RAOUL

Ah ! oui M. Champuis !... si vous vouliez !...

CHAMPUIS

Allons soit... Puisque vous aimez ma fille au point de vous faire auvergnat par amour... épousez-là.

BOURINAT, *timidement.*

Monchieu Champuis... si vous voulez...

CHAMPUIS

Quoi ? Tu veux épouser ma fille auchi ? Allons bon voilà que je cause auvergnat !

BOURINAT

Non j'époucherai... Rosalie !

CHAMPUIS

Je n'ai pas le droit de m'y opposer... Et puis que je suis en train de faire des mariages... mieux vaut deux qu'un. Mariez-vous, je paye les frais de la noce

BOURINAT, *embrassant tout le monde.*

Ah ! M. Champuis ! Mademoiselle Emma ! M. Raoul ! Ma chère Rosalie.

CHAMPUIS

Ah çà ! mais il redevient fou !

BOURINAT

Ah ! Mochieu ! c'hest la choie ! c'hest la choie.

COUPLET FINAL

AIR : *A la fin tout s'explique*

Devant tant d'allégresse
Bon public, à ton tour,
Applaudis notre pièce :
L'Auvergnat par Amour.

VARIANTE

Dans le cas où les rôles de Bourinat et Raoul Dérizière seraient tenus par le même artiste.

SCÈNE XX *(fin)*

ROSALIE

Eh! non Monsieur ce n'est pas lui... Tenez, la meilleure preuve... c'est que le voilà qui quitte la maison.

CHAMPUIS, *regardant au dehors.*

C'est vrai !..

SCÈNE XXI

Tous.

EMMA, *entrant par le fond.*

Père, je viens de chez le commissaire et... *(Apercevant Raoul, à part)* Ah! mon Dieu, Raoul et papa en présence, que va-t-il se passer ?

CHAMPUIS, *à Raoul, sans prêter attention à ce que lui a dit Emma.*

Mais alors si vous n'êtes Bourinat, vous êtes au moins son frère !

ROSALIE

Il n'en a pas !

CHAMPUIS

Il n'en a pas ? Alors vous êtes quelqu'un des siens ?

RAOUL

Pas davantage. *(Retirant sa barbe et saluant)* Monsieur !..

CHAMPUIS, *surpris.*

Ah! monsieur Dérizières! *(Sévère)* Monsieur de quel droit pénétrez-vous chez-moi ?

RAOUL

Monsieur excusez-moi, c'est vrai j'ai eu tort, mais j'aime tant Mademoiselle Emma.

CHAMPUIS

... Que vous n'avez pas hésité à recourir a un déguisement... et à la force pour vous débarrasser d'un rival.

(Il montre Trégnol qui doucement commence à gagner la porte.)

ROSALIE

Mais non, ce n'est pas monsieur qui a rossé M. Trégnol, c'est M. Bourinat, le vrai ; parce que nous devons nous marier Bourinat et moi et que M. est le piètre individu, le séducteur dont je vous ai parlé.

CHAMPUIS

Lui? impossible! Voyons... défendez-vous... expliquez nous !

TRÉGNOL, *sortant.*

Excusez-moi monsieur, j'ai quelques courses urgentes.

CHAMPUIS, *affaissé.*

Sa fuite est un navet... non un aveu. Et j'allais lui donner ma fille !... *(A. Raoul.)* M. Dérizières, pardonnez-moi de vous avoir fait cirer tout à l'heure, je vous donne ma fille puisqu'elle vous aime et que vous l'aimez au point de vous être fait pour elle auvergnat...

RAOUL

Oui... Auvergnat par Amour !...

COUPLET FINAL ET RIDEAU.

Vannes. — Imp. LAFOLYE, 2, place des Lices. — 1905.

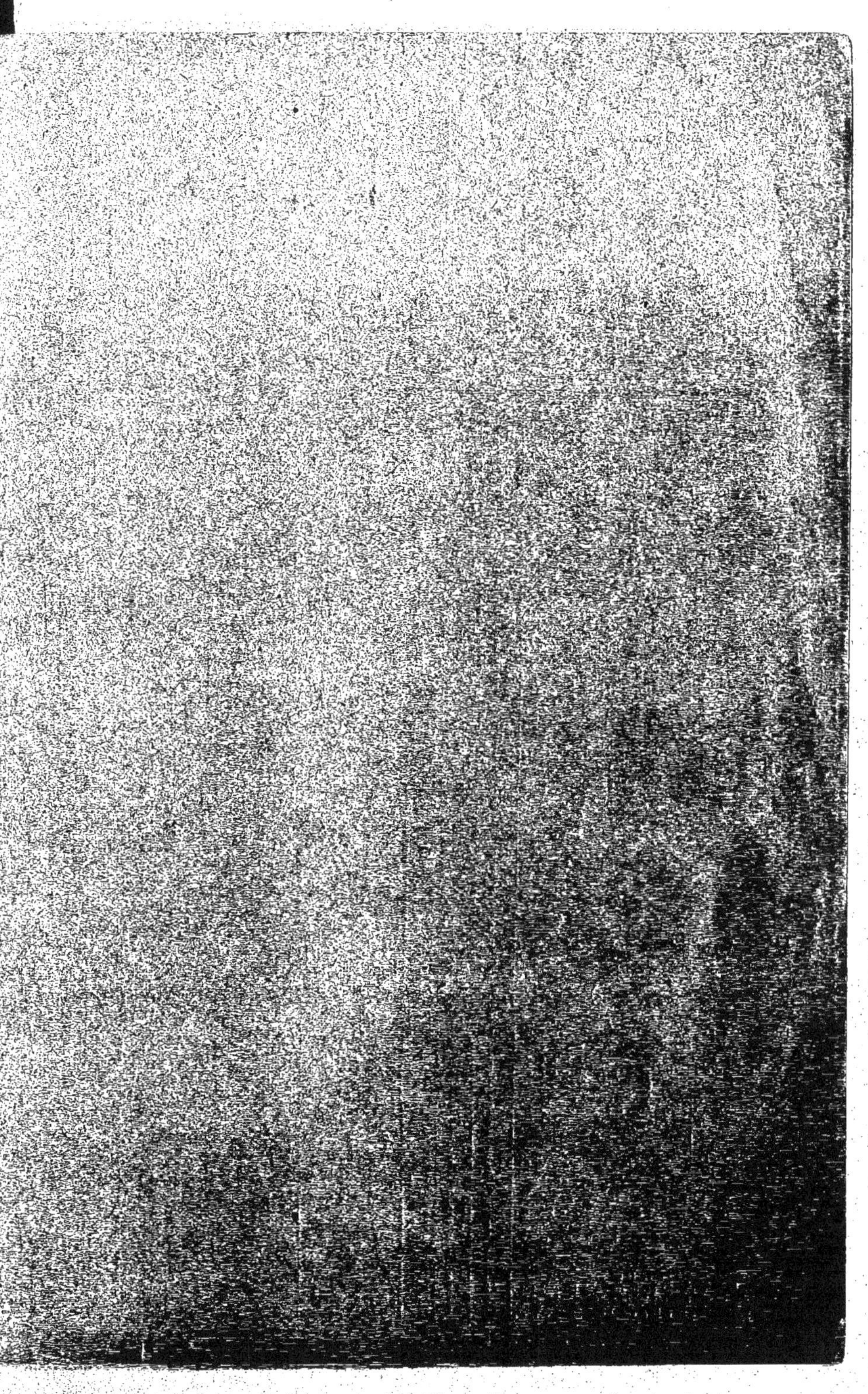

AUTEURS	TITRES DES ŒUVRES	Hommes	Femmes	Prix nets	AUTEURS	TITRES DES ŒUVRES	Hommes	Femmes	Prix
R. Maygrier F. Lemeland	Coquins de Souliers	4	2	loc.	Lebreton-Moreau	Farces du Printemps (Les) d	6	4	loc.
Ryvez	Cordon s'il vous plaît	3	3	loc.	D. Jourda-Verse	Fatale épreuve	1	2	loc.
L. Bouvet-F. Muffat	Cornuflot à la gale	4	»	loc.	St-Agnan Choler	Faut du prestige (vaud.) d	3	2	loc.
Lebreton-Moreau	Cote et Cocottes	4	4	1 »	Lebreton-Duroc	Faut que j'casse la g. à Baptiste d	5	3	loc.
H. de Farcy	Coups de Canif d	2	1	loc.	G. Rose père	Faux cols d'Oscar (Les)	1	2	loc.
H. de Farcy	Couleur Jaune (la), ou Une				D. Lannoy-Lions	Félicité	3	2	loc.
	nuit d'amour	3	1	loc.	Flers	Femina d	troupe	»	loc.
C. Roland	Courroie (La)	2	1	loc.	Ch. Gabet	Femme de Valentino (La) d	2	2	loc.
J. Darc et G. Habrekorn	Course aux pantalons (La) d	6	4	[illegible]	Moreau	Femmes qui fument (Les) d	7	8	loc.
L. Bouvet-G. Arribat	Course au Sac (La)	4	2	1 »	F. Chaudoir	Fête à Claudine (La)	1	1	4 »
Habrekorn	Couturière est au-dessus (La)	2	5	loc.	[illegible]	Fête à M. le Maire (La)	5	2	4 »
G. Cellier et E. Jouillot	Couverture (La)	4	3	loc.	F. d'Amor-Léo Dienois	Fene Palmyre d	2	2	6 »
F. Bouveret	Créanciers du coffre-fort (Les)	5	3	loc.	Guillemin [illegible]	Feuille à l'envers (La) d	4	3	loc.
Marsan (de)	Crépuscule des vieux (Le)	3	2	loc.	G. Fortin-A. Doyen	Fiançailles de Toinette (Les) d	1	1	loc.
E. Fournier	Crime avorté	2	2	loc.	Dorfeuil-Bouvet	Fiancé des Nourrices (Le) d	4	5	loc.
Mize et Saintis	Crocodile a des scrupules (Le) d	3	13	loc.	Javelot	Fiancés berrichons (Les)	1	1	3 »
Guillemand-de Marsan	Culotte à l'envers (La) d	15	6	loc.	Soulié	Fiancés du bonnet de coton (Les)	1	1	5 »
De Rose et d'Arsay	Culotte du marié (scène) (La)	1	»	1 »	L. Vasseur	Fichue idée d	2	1	5 »
H. Duharnois	Cure Merveilleuse (La)	3	1	loc.	Miglien [illegible]	Fichue situation d	4	4	loc.
Saint-Paul	Dame aux bluets (La)	2	2	loc.	Gouville	Fièvre phylloxérique (La)	3	2	4 »
Lebreton-Moreau	Dans cent ans d	troupe	»	loc.	Sertrié	Fille du charpentier (La)	3	1	5 »
Pierre Achard	Dans l'Escalier	2	1	loc.	Lebreton-Moreau	Fille du marin (La) d	8	7	loc.
Sourilas	Dégrafée d	3	3		Bourel, Roydel, E. Harré	Filles de Corneville (Les)	4	7	loc.
Mestre-Aubry	Demoiselle des Martigues (La) d	3	10	loc.	Lebreton-Soudant	Filles de la Cantinière (Les) d	7	4	loc.
Cellier-Gramet	Demoiselles Plumemboy (Les)	3	4	loc.	Lebreton	Filles du Charcutier (Les)	3	3	loc.
Marc Sonal-Pierre Laurey	Départ du régiment (Le) d	5	10	loc.	Lebreton-Moreau	Fils à Papa (Le) d	4	7	loc.
A. Condamin	Dépêches de Lucien (Les)	2	2	loc.	Lebreton-Moreau	Fils de Gouape	4	4	loc.
Saint-Paul	Déraillement (Le)	3	2	loc.	Chaulieu et Battaille	Fils de M. Alphonse (Le) (vaud.) d	5	2	loc.
St-Paul-G. Rose fils	Dernière carotte (La)	3	2	loc.	Duroc-Mailfait	Five O'Clock de la Baronne	7	2	loc.
L. Lefèvre	Dernier verre (Le)	2	1	4 »	Villebichot	Fleuriste et typographe	1	1	5 »
F. Barbier	Deux amours de chandeliers	1	1	»	Lebreton-Talber	Foire aux nichons (La) d	7	7	loc.
Roydel-Herbel	Deux Anges au clou	2	2	loc.	Pradels-Quinel	Fosse aux ours (La)	4	4	loc.
F. Matz	Deux avares (Les) d	2	1	3 »	Lemonnier	Françoise les bas bleus d	troupe	»	loc.
Ch. Hubans	Deux coqs vivaient en paix	2	1	6 »	Moreau-Soudant	Francs-tireurs de la mort (Les)	troupe		loc.
F. Gracia	Deux estafiers (Les)	2	»	2 »	Lebreton-Buissier	Frangine (La) d	7	6	loc.
Vallès-Garnier	Deux femmes de M. Grochose (Les)	3	2	loc.	Lévy-Merset	Fantrognon d	8	11	loc.
G. Champavert-F. Robin	Deux Jarretières (Les)	3	2	loc.	Lebreton-Moreau	Frère de lait (Le)	1	2	4 »
Moreau	Deux Mômes (Les) d	7	7	loc.	P. Autier-J. Blaès	Fricoteurs ! d	11	1	loc.
M. Chautagne	Deux muses (Les)	2	»	4	Carin-Tomy	Friper's and Co d	5	9	loc.
F. Barbier	Deux parfaits notaires (Les)	2	»	4	Lebreton-Moreau	Friquet d	9	7	loc.
Hervé-Lecocq	Deux portières pour un cordon d	3	»	4 »	Ch. Clairville H. Blount	Froufrous et Culottes rouges d	troupe		loc.
Gribinski	Déveine (La)	2	2	loc.	[illegible]	Furet (Le)	»	1	4 »
Moreau-Boucherat	Diable au Moulin (Le)	4	8	loc.	Moreau-Touzé	Gai gai mariez-vous !	4	3	loc.
St-Paul-G. Rose fils	Divorcerons-nous	3	2	loc.	Moreau-Darsay	Gaîtés du bastion (Les)	5	3	loc.
Léo Trézenik	Docteurs	3	2	loc.	Marsèle (L.)-Douglas	Galant Douanier	3	1	loc.
Gramet-Talber	Doigt coupé (Le)	troupe	»	loc.	L. Bouvet et Arribat	Garçonnière de Dutocard (La)	3	3	loc.
Léon Laroche	Domestique pour rire (Un)	1	1	6 »	Seraine	Garde champêtre de Corneville (Le)	1	»	1 »
G. Rose fils	Don Juan de Montmartre	3	3	loc.	F. Verdellet-H. Moreau	Gendarme est abruti (Le) d	6	3	loc.
Saint-Maurice	Doubles Vierges (Les) d	troupe	»	loc.	L. Dottin	Gendre de M. Duplantoir (Le)	3	2	loc.
L. Bouvet-Lebreton	Drapeau du Régiment (Le)	5	4	loc.	Moreau-E. Pacra	Girafe (La)	3	2	loc.
Sourilas	Drapeau jaune (Le) d	4	2	4	Lebreton-St-Paul	Gontran se marie	3	2	loc.
Moreau-Arnould	Drôle de Cocotte	1	2	loc.	B. Lebreton-Soudant	Gosse (La)	3	2	loc.
F. Muffat-L. Bouvet	Dudule	3	2	loc.	de Marsan-F. Lemeu	Gosse du miracle (Le) d	4	5	loc.
Bouvet-Sevry	Dupont et Dupont	4	3	loc.	Froyez-Colias	Grand Duc Moleskine (Le) d	6	6	loc.
St-Paul et Rose fils	Durandard est un bon garçon	3		loc.	Efort	Grand papa de la chanson (Le) d	1	1	3 »
Dottin, Boulay-Layrice	Duriflard	5	2	loc.	Rose fils et Ryvez	Greffeur (Le)	4	3	loc.
L. Bouvet-Schmoll	Échange de bals	5	5	loc.	Lebreton-Blairat	Grenouille (La) d	4	2	loc.
De Lannoy et Lions	Écharpe (L')	4	2	loc.	Hervo-Merki	Grève des Boulangers (La)	5	»	1 »
J. Domerc	École buissonnière (L')	3	»	3	Moreau-Marcus	Grève des facteurs (La)	2	2	loc.
Boulay-Layrice	École des Cocus (L')	4	3	loc.	M.-Brisac	Guerre aux hommes (La) d	6	7	loc.
E. Codey	École du Journalisme (L')	4	2	loc.	Lebreton-Nicolaïe	Gueule d'Or d	6	6	loc.
Yver-Septmons	Eh ! Ohé ! Ladrupette ! d	2	»	loc.	L. Bouvet F. Muffat	L'Héritage de Malassis	4	3	loc.
Trebla-Croisier	Elle ! d	4	1	loc.	Lebreton-Moreau	Héritière des Carapattas (L') d	8	3	loc.
Ed. Lhuillier	Elle débute ce soir	1	1	4	C. Roland-A. de Lorde	Hermance a de la Vertu, 2 actes d	2	1	loc.
Delaruelle	El senor Piffardino	1	1	6	De Marsan	Héros (Le) d	5	1	loc.
M. de Marsan	Empire du milieu (L')	3	2	loc.	Villebichot	Hirondelles de la rue (Les)	»	2	3 »
P. Barnières	En attendant le rôti	2	2	loc.	L. Bouvet et G. Arribat	Homme du Parc Monceau (L')	3	2	loc.
Dabnys et Morelo	Encore un déraillement	3	2	loc.	Rose fils	Homme explosible (L')	2	2	loc.
S.-Paul-Douglas	Encore une revue	4	4	loc.	J. Yvel	Homme masqué (L') d	3	3	loc.
Lebreton-Moreau	Enfant des halles (L') d	3	2	loc.	Lebreton-Blairat	Homme pâle (L') d	4	2	loc.
Lallais Hubans	Enlèvement des Sabines (L')	troupe	»	loc.	Lebreton-Duroc	Hôtel d'Artistes d	troupe	»	loc.
Guillemand-de Marsan	Enfants d'Édouard (Les) d	2	3	loc.	Lebreton-Duroc	Hôtel de Noblepanne d	4	4	loc.
J. Bouvet	Enfant du Mystère (L')	2	3	loc.	St-Paul-Rose fils	Hôtel des Fantômes (L')	3	1	loc.
C. Roland-L. Bouvet	En fer tout le monde descend (L') d	troupe		loc.	Jarantière et Bouvet	Hôtel du lac bleu (L') d	7	6	loc.
Lebreton-Duroc	Enragés d	4	4	loc.	Dourel-Roydel-Josl	Hôtel modèle d	7	7	loc.
Gribinski	En répétition	4	3	loc.	E. Barbé-de Téramond	Huissier des bons jours (l')	3	2	loc.
D. Jourda	Entôlage d	2	2	loc.	Antigeon-Dourel	Hypnotiseur malgré lui (L') d	3	2	loc.
Villebichot	Entre deux jardins	1	1	4 »	Mize-Bernède	Idées de M. Coton (Les) d	3	2	loc.
Lebreton-Duroc	Entresol d'Eugène (L') d	4	6	loc.	C. Roland	Il était une fois d	1	1	loc.
Léo Trézenik	Envers d'un notaire (L')	2	2	loc.	Bessière-De Noter	Île de Nénuphar (L')	5	2	loc.
Garner-Vallès	Erreur de Bridouille (L')	3	2	loc.	L. Bouvet-Simonot	Il faut que jeunesse se passe	2 ou 1	2 ou 3	loc.
Banès	Escargot (L')	2	3	6 »	Briollet et Tinant	Île Jaune (L')	8	4	loc.
A. Pajol	Esprits d'Argenteuil (Les)	5	2	loc.	A. Ibels	Il neige d	1	2	loc.
S.-Paul-Douglas	Est-il (L')	2	3	loc.	De Lannoy et Lions	Indispensable (L')	2	2	loc.
P. Pottier R. Dubreuil	Estime du Concierge (L')	2	1	loc.	D. Jourda-Douglas	Instantanés	3	2	loc.
D. Dihau	Éternel roman (L')	1	1	4 »	Briollet et Arnould	Invalide à la tête de bois (L')	7	2	loc.
Dourel-Roydel-Tranel	Étrennes utiles	3	2	loc.	B. Lebreton et Blairat	Invalides du Mariage (Les) d	7	7	loc.
J. Meudrot-Pol Héric	Eusses	2	2	loc.	Moniot	Jacotte	1	1	5 »
L. Jancey	Exercice de nuit	3	2	loc.	E. Warmoës	Jacquet (Le)	4	2	loc.
H. François-G. Derys	Expérience amoureuse	2	2	loc.	Liger-Aubrun	J'ai perdu Virginie	3	1	loc.
Garnier-Vallès	Exploits de Malicbard (Les)	6	4	loc.	L. Bouvet-F. Muffat	J'attends l'huissier	2	1	loc.
L. Bouvet-Ch. Darantière	Extras de Balochard (Les) d	4	4	loc.	Nargeot	Jeanne, Jeannette et Jeanneton d	2	3	loc.
De Marsan	Facture (La)	1	2	loc.	Michiels	Jefque et Trinne	1	1	8 »
St-Paul-G. Rose fils	Fais ça pour moi (2e édition)	3	2	loc.	St-Paul	J'en ai plein le dos	2	1	4 »
F. Beauvallet	Faites le jeu, Messieurs d	3	1	loc.	C. Darantière-L. Bouvet	Je ne me gêne pas avec Ernest d	3	3	
G. Rose F. Bouveret	Famille du Brasseur	3	3	loc.	Lebreton-Soudant	J'épouse ma bonne d	5	4	
Moreau-Gramet	Famille Nitouche (La)	3	4	loc.	A. Perronnet	Je reviens de Compiègne	»	1	
Bouvet J. Nerri-Rosès	Family-Page	6	4	loc.	Yvel	Jeune homme du Tunnel (Le) d	3	3	

AUTEURS	TITRES DES ŒUVRES	Hommes	Femmes	Prix nets	AUTEURS	TITRES DES ŒUVRES	Hommes	Femmes	Prix nets
Bernicat	Jeunesse de Béranger (La)	3	1	6 »	Dottin et G. Touzé	Nègre pour rire	3	2	loc.
B. Lebreton	Jeunesse de Hoche (La)	6	6	loc.	orfeuil-Moreau	Nez de Cyrano (Le) d	troupe	»	3 »
Lebreton-Moreau	Jocrisses du mariage (Les) d	troupe	»	loc.	G. Lhuillier	Nez enchanté (Le)	1	1	loc.
B. Lebreton	Joies du divorce (Les) d	troupe	»	loc.	ebreton-Blairat	Ninie la Rouquine d	5	3	loc.
Marsan (de)	Jour de gloire est arrivé (Le)	4	1	loc.	erpin	Noce à Grospoulot (La)	5	7	
L. Collin	Journée aux soufflets (La)	1	1	4 »	Barbier	Noce à Suzon (La)	1	1	loc.
J. Férol	J'teux de sorts (Le)	7	4	loc.	Beissière-Noter	Noces de Lambiston (Les)	5	2	5 »
Fransois-Derys	Jules d	1	1	loc.	Collin	Noces d'or (Les)	2	1	loc.
S.-Paul-Paul Avril	Jumeaux (Les) d	6	4	loc.	achs-Damiens-Nebrillet	Nombrikatus 1er D	5	7	loc.
J. Bordas	Jumelles (Les) d	4	1	loc.	oreau-Rivaux	Nommé Baluche (Le)	1	2	loc.
St-Paul-P. Avril	Labistrouille	3	2	loc.	e Marsan	Non Lieu d	3	»	loc.
Soudant	Lâchée	5	1	loc.	ouvet-Darantière	Nos bons touristes d	5	4	loc.
Desormes	Leçon de musique (La)	1	1	4 »	ebreton-Beissier	Nos Marsouins en Chine d	7	3	loc.
J. Clérice	Léda d	troupe	»	loc.	oreau-Gramet	Nos petites Chattes	3	4	loc.
J. Roullet	Légionnaire (Le) d	5	3	loc.	orfeuil-Gaillemaud-				
St-Paul	Leroy s'amuse	3	2	loc.	Duharnois	Nos pioupions d	6	4	loc.
A. de Lorde	Lettre (La) d	1	3	loc.	ebreton-Moreau	No voisins d	6	6	loc.
Dourel-Herbel	Letrimard est un Gaffeur	2	2	loc.	V. Roger	Nourrice de Montfermeil (La)	7	3	6 »
A. Verse	Leur argent d	2	1	loc.	G. Rose fils	Nous allons chez les Durand	1	1	loc.
L. Jancey	Lili et Tonton d	1	1	loc.	h. Gabet	Nouvel Achille (Le) (vaud.) d	5	1	loc.
Casaneuve	Loi du pal (La) d	troupe	»	5 »	ouzé Prud'homme	Nuit de Noces de Beauflanchet	6	4	loc.
Darcy (M.)	Loterie (La)	2	2	loc.	F. Bossuyt	Nuit de Noël	2	2	loc.
Barbé	Loup et l'Agneau (Le) d	3	3	loc.	acobi	Nuit du 15 octobre (La) d	3	1	8 »
Verneuil	Loupiot (Le)	2	»	loc.	H. Blondeau-H. Monréal	Olympia-Revue d	troupe		loc.
Dourel (L.) Herbel (E.)	Lucien est maboule !	3	1	loc.	ose père	Omelette au lard (L')	»	2	loc.
Herpin	Lune de Miel (La) d	troupe	»	loc.	adé fils	Oncle et Neveu	3	»	3 »
Moreau-Gramet	Ma Colonelle	2	2	loc.	ouis Bouvet	Oncle Maboulin (L')	4	4	loc.
Clairville fils	Madame la baronne d	1	1	4 »	arc-Sonal-Gréhon	On demande des jolies ...mes d	8	11	loc.
Wachs	Madame le docteur	2	1	4 »	t. Paul	On parle Anglais	5	6	loc.
H. Monréal-H. Blondeau	Madame Méphisto d	troupe		loc.	Marc Sonal	Orage d'hier (L') d	2	2	loc.
Tarnemo-Celval-du Théou	Madame Tubéreuse d	10	9	loc.	essière-Ruffier	Ordonnance Bezuchet (L')	2	2	loc.
Lebreton-St-Paul	Mademoiselle le Docteur	3	2	loc.	-Paul-G. Rose, fils	Ordonnance malgré lui (2e éd.)	3	2	loc.
V. Roger	Mademoiselle Loulonte	2	2	5 »	Saint-Paul	Oscar est détraqué. id.	4	3	loc.
C. Fiévet H. Piquet	Magicien (Le) d	3	2	10 »	erthelot-Roland	Othello chez Thaïs d	4	0	loc.
Roydel-Février	Magnét'sé sans le savoir	2	2	loc.	acra Emmecé	Où est le père	8	14	loc.
Bessière-Marinier	Maire et Martyr d	3	2	loc.	ufils	Paille et la Poutre (La)	»	2	6 »
F. Lémon-L. Schmoll	Maires	7	5	loc.	oulay-Layrice	Palmé D	4	5	loc.
Talexy	Maître Grelot	4	1	7 »	illemont	Pantalon de Casimir (Le) d	1	1	6 »
Bouvet	Major Purjotin (Le)	4	3	loc.	Robert Laurent-Julin	Par amour	3	2	loc.
Lebreton	Mam'zelle Baïonnette	3	3	loc.	. Petit	Par autorité de Justice d	7	9	loc.
Meyne-Jacoutot	Mam'zelle Claudinette d	3	2	loc.	L. Rivaux	Parachute (Le)	3	2	loc.
Far Nemo-Celval	Mam'zelle Culot	troupe	»	loc.	Jean Myrès	Par délicatesse d	1	2	loc.
De Lajarte	Mam'zelle Pénélope d	3	1	7 »	Dorfeuil-Moreau	Paris aux Courses d	troupe	»	loc.
De Champclos-Jacquin	Mamz'elle Phryné	3	1	loc.	ebvre-Gréhon	Paris sans tailleurs	7	7	loc.
Fransois	Mandat (Le) d	7	3	loc.	F. Barbier	Par la fenêtre	1	1	4 »
De Lorde-C. Roland	Ma Négresse d	1	2	loc.	Lambert-Lebreton	Par la Gymnastique d	2	2	loc.
L. Bouvet et Dottin	Mannequin (Le)	3	2	loc.	De Marsan	Par Téléphone	3	3	loc.
Jan Pierre et Morelo	Manœuvre électorale	3	»	loc.	De Marsan	Partie Carrée	4	3	loc.
de Marsan	Marchand de cochons et le Dé-				Henry Moreau	Partie de Campagne d	troupe	»	loc.
	pendeur d'andouilles (Le)	3	3	loc.	B. Lebreton	Parties fines	4	4	loc.
H. Moreau	Marchande de Choux-fleurs (La) d	7	6	loc.	Ed. Lhuillier	Pasquinette	1	1	3 »
Jouhaud	Mariages riches	1	1	3 »	Ch. Esquier	Passes magnétiques	3	2	loc.
Moniot	Marianne et Jeannot d	1	2	3 »	Benédite-Jancourt	Pays Vierge (le) d	8	4	loc.
Tollet-Frot	Marié sans l'être	4	»	3 »	De Marsan	Peau Neuve d	3	3	loc.
Moreau-Duroc	Maris jaloux (Les)	5	2	loc.	H. Moreau-E. Bresseur	Peau-rouge de la Bastille (Le)	4	4	loc.
Simiot	Mariés de Nanterre (Les)	1	2	4 »	D. Fabrice	Pêche au mari (La)	2	3	loc.
A. Moujardin-L. Batcée	Marions-nous d	4	4	loc.	B. Adin-Th. Cahen	Peint malgré lui	4	2	loc.
H. Moreau G. Arnould	Marquis de Priolit (Le) d	6	8	loc.	Rose, fils	Peintre de talent	2	3	loc.
Beissier-Sciama	Mars et Vénus	3	2	loc.	Moreau-Darsay	Pension Carabin (La)	5	4	loc.
Millon	Matinée du Prince (La)	4	5	loc.	L. Bouvet	Pensionnat St-Amour (Le)	4	4	loc.
A. Verse	Matuvu fait des béguins	5-5 ou 4-4		loc.	Albert Lambert	Père Suroit (Le) d	3	1	loc.
M. de Lagarde	Mèche (La)	3	2	loc.	Offenbach-Roques	Péri-Golle (Parodie de Périchole)	2	1	2 50
Moreau-Boucherat	Médjidié (Le)	3	1	loc.	Lebreton-St-Paul	Péril jaune (Le)	2	2	loc.
Gresset-Bernard	Méfiez-vous d'Oscar d	3	2	loc.	E. Warmoes	Permission de Binjot (La)	3	2	loc.
E. André	Melon (Le) (monologue saynète)	1	»	2 »	H. Moreau-Soudant	Permission de la nuit	6	4	loc.
De Marsan	Ménage Blésimard (Le)	3	2	loc.	Perrault-Maty	Perruche de ma femme (La) d	4	3	loc.
B. Lebreton H. Moreau	Ménage d'artistes	6	5	loc.	Tréblat-St-Cyr	Personne	2	1	loc.
Moreau-Darsay	Ménage Poire (Le)	2	2	loc.	Landay	Pet ! ! Pet ! !	3	3	loc.
Desormes	Menu de Georgette (Le)	3	2	8 »	Bonvet-Schmoll	Petit Assommoir (Le) d	6	6	loc.
Gribinski	Mercredis de Jules (Les)	3	2	loc.	B. Lebreton	Petit factionnaire (Le)	4	3	loc.
Harry Blount F. Lémon	Mère L'mec (La)	4	2	loc.	L. Collin	Petit Spahi (Le)	3	3	5 »
Ch. Gabet	Mérite des femmes (Le) d	4	4	loc.	Lebreton-Moreau	Petite baronne (La) d	6	9	loc.
Soudant-Moreau	Mimi Vadrouille	troupe	»	loc.	Linas	P'tite bête vit encore (La) d	1	1	4 »
P. Achard et F. de Pitray	Minuit et demi d	1	1	loc.	L. Rivaux-F. Rodel	Petite boulangère (La) d	troupe		loc.
De Marsan	Miss Cocktail d	6	9 ou 6	loc.	Moreau-St Cyr	Petite Carmen (La) d	9	10	loc.
Lebreton-Moreau	Miss Kissmy d	5	5	loc.	Lebreton-Moreau	Petite colonelle (La) d	7	3	loc.
Beissier	Miss Million d	troupe	»	loc.	Gribinski	Petite Etoile	3	2	loc.
Mayrargue	Modern Styl	7	2	loc.	L. Bouvet-St-Paul	Petite Fifi (La)	3	3	loc.
Bessier-Moreau	Môme aux Camélias (La) d	troupe	»	loc.	L. Bouvet-F. Nuillat	Petites Actrices (Les)	4	4	loc.
Bessière-Ruffier	Môme aux grands yeux (La) d	8	8	loc.	Darantière, Bouvet-				
L. Rivaux	Mon Oncle et ma Tante	4	3	3 »	Godfernaux	Petits Baisers (Les) d	3	2	loc.
Chassaigne	Monsieur Auguste d	1	1	loc.	Lebreton-Moreau	Petites Menichons (Les) d	troupe	»	loc.
De Marsan	Monsieur Babolin	3	2	loc.	A. Petit	Petits lapins (Les) d	4	6	loc.
De Marsan	Monsieur de chez Maxim's (Le)	3	3	loc.	Maurey et Jimbu	Petits Trottins (Les) d	5	6	loc.
Paul Vallès	Monsieur Dutrognon	4	1	loc.	Lebreton-Moreau	Petits Zonzous (Les)	troupe	»	loc.
E. Bessière	Monsieur l'Inspecteur	2	4	loc.	J. Clérice	Phrynette d	5	9	5 »
Garnier-Vallès	Monsieur ma belle mère	3	3	loc.	Celval-Tarnemo-Gibard	Pichard d	3	2	loc.
L. Rivaux	Monsieur Patemolle	2	2	loc.	André	Picotin (Le)	1	2	2 »
Lebreton-Moreau	Monsieur Sans Gêne d	troupe	»	loc.	Lebreton-Beissier	Piston de Clémentine (Le)	3	2	loc.
Marsèle (J.)	Monsieur sourd (Le)	3	2	loc.	Schmoll	Pitou	3	2	loc.
G. Fortin A. Doyen	Mort vivant (Le) d	2	1	loc.	A. Ibels	Planète Billoud (La) d	3-2 ou 4-3		loc.
Blairat-Nouillet	Mouche (La) d	5	7	loc.	R. Herbel-L. Dourel-Roydel	Plaquée	3	3	loc.
Moreau-Tonzé	Mouche du Coche (La)	4	2	8 »	H. Alavoine	Plumechat et Cie d	4	6	loc.
Pariot, Chanteclair-					H. Barbé	Plus que 1089 jours	3	»	loc.
Cuvelard	Moulin d'Amour (Le) d	5	3	4 »	F. Barbier	Points jaunes (Les)	1	1	5
Jourda	Moyen de l'être (Le)	1	1	loc.	Desfossez-Piccolini	Pommes d'amour (Les)	3	4	loc.
Joly	Myope et presbyte d	1	1	3 »	Cinod-Verdellet	Pompier d'Endoume (Le)	troupe	»	loc.
Desormes	Nègre de la Porte St-Denis (Le)	3	3	loc.	Gresset-Bernard-Letorey	Pompier d'Ernestine (Le) d	2	2	loc.

AUTEURS	TITRES DES ŒUVRES	Hommes.	Femm.	Prix nets
Antigeon-Dourel.	Poste restante 222 d.	4	3	loc.
Duhem L. Martin	Potache en goguette (Le)	4	2	loc.
F. Barbier.	Poupée automate (La).	1	1	5 »
St-Paul-G. Rose fils	Pour avoir la fille.	4	3	loc
C. Roland	Pour le guérir d	1	2	loc
Fabrey.	Pour Mademoiselle d	2	3	loc
A. Verse-Paul-St-Philippe	Pour pincer Éliane	3	2	loc.
Fay.	Pour qui le gosse ?	2	3	loc.
Lebreton-St-Paul	Pour qui votait-on ?	4	2	loc
A. Lambert.	Première brouille (La) comédie.	»	1	loc
St-Paul-P. Avril	Première scène	2	3	loc
Couturet.	Premières amours d	4	1	loc.
F. Barbier	Premières armes de Parny (Les)	1	2	5 »
E. Bouvet-G. Arribat	Prends mon Oncle	4	2	loc
G. Rose fils-R. Ryvez	Prestige de l'uniforme (Le)	4	2	loc
F. Pottier-R. Dubreuil.	Prise de la Bastille (La)	4	1	loc
Moreau	Professeur de chant (Le).	1	1	4 »
De Marsan.	Pucelle de Mézidon (La).	3	3	loc
De Ste-Croix.	Pygmalion d.	1	2	4 »
Lebreton.	Quatre hommes et un Caporal	5	3	loc.
G. Rose fils-Ryvez	Que Madame n'en sache rien	2	2	loc.
Garnier-Héros.	Queue du Diable (La) d	troupe	»	loc.
Delilia-Héros.	Qui va à la Chasse	1	1	loc.
L. Collin.	Qui se dispute s'adore	1	1	3 »
St-Paul-G. Rose fils	Qui veut la fin	2	2	loc.
L. Bouvet-F. Muffat.	Rabiot (Le)	3	2	loc.
Léon Jancey.	Ra ! Fla ! !	2	1	loc.
Ch. Lecocq	Rajah de Mysore d	troupe	»	3 »
Villebichot.	Réponse du Berger (La).	1	1	4 »
Millou.	Repos du dimanche (Le) d.	2	1	loc.
Jacoutot.	Retour de Kerdrec (Le).	2	1	4 »
Mengé.	Retour de Margotte (Le).	1	1	4 »
L. Collin.	Retour de Musette (Le).	1	1	4 »
Antigeon-Dourel.	Revanche de Verluisant (La) d	5	2	loc.
De Marsan	Revenant de la rue de la Pompe (Le)	5	5	loc.
Antigeon-Dourel-Reydel.	Revenants (Les) d	3	»	loc.
André-Mouëzy-Eon	Rêve d'Anaïk (Le) d.	2	3	loc.
Marsèle-A. de Lorde.	Rêves d'un soir d	1	1	loc.
Lebreton.	Revue à l'envers (La)	4	4	loc.
St-Paul	Revue interdite (2e édition)	4	4	loc
Guillemaud....	Rien des Agences d.	3	2	loc.
Lhuillier.	Risette	»	1	4 »
Ch. Thony.	Robes et Manteaux d.	5	9	loc.
F. Chaudoir.	Roi Claquette (Le) d.	3	3	6 »
Yvel et Briollet	Roi Koku (Le)	troupe	»	loc.
Desormes	Roland furieux.	3	1	5 »
L. Desormes.	Romance impossible (La)	2	»	2 »
Busnach.	Rosière de Valentino (La) d.	2	1	loc.
Michiels	Rosière d'Interlaken (La)	1	1	4 »
Ch. Gabet.	Ruy Black (v.) d.	7	6	loc.
Jancey.	Sabre et plumeau	1	1	loc.
G. Rose fils-F. Bouveret	Sacré Cake-Walk	3	2	loc.
L. Rivaux	Sacré jour de l'an.	6	3	loc.
L. Bouvet-G. Arribat	Sacré Jules.	2	2	loc.
R. Fabrice-A. Daricourt.	Sacré Trouillet	6	2	loc.
Briollet-Tinant.	Sacré Vermillon	3	3	loc.
B. Lebreton-J. Lebreton.	Sacrée Nounou	3	3	loc
R. Moreau-Arnould.	Saint-Antoine malgré lui	5	5	loc.
P. Lefaure.	Saint-Prosper (La)	2	2	loc.
Claments	Saint-Yvon (La) d	2	1	5 »
R. Lebreton-J. Lebreton	Salade de Gendarmes	4	2	loc.
Champavert-Robin	Sandrina	3	2	loc.
L. Dottin	Sauvage malgré lui	2	1	loc.
Ch. Lecocq.	Sauvons la caisse d.	1	2	6 »
Batrat-Fabrice-Bonnamy.	Septième Escouade (La) d.	8	7	loc.
Sarentière-Bouvet.	Sergent Sans-Souci (Le) d.	6	6	loc.
R. Planquette.	Serment de Mme Grégoire (Le).	1	1	8 »
Lebreton-Soudant	Serment du marin (Le).	4	2	loc.
Lebreton-Moreau	Signe de Léda (Le) d.	8	8	loc.
Tavier	Simone et Boquillon.	2	1	5 »
Lebreton-St Paul	Singeries de l'Amour (Les).	5	5	loc.
Marc Sonal-E. Moreau	Six filles d'Abélard (Les) d	7	7	loc.
R. Lebreton-H. Bertsy	Sœur du Cabotin (La).	4	2	loc.
Lebreton-Duroc.	Soir de Noce d.	4	1	5 »
R. Desfières-Malfail	Soirée bourgeoise.	2	2	loc.
Leserre.	Soirée d'amateurs. pochade	5	»	loc.
Lebreton-Moreau	Soldat !	5	5	loc.
H. Gilbert	Son Amant	2	1	loc
C. Roland J. Marsèle.	Son petit truc d.	4	2	loc.
Bernard-Gresset	Souffleur par amour d.	3	1	loc.
Meyan	Soupirs du cœur.	3	2	5 »
Briollet-Tinant	Source merveilleuse (La).	4	2	loc.
Semaré-P. Laurey.	Sous-Préfet de Pézenas (Le).	4	2	loc.
Ch. Malo.	Souviens-toi de Clémentine	2	1	4 »
Moreau-Darsay.	Spiritisme des Familles	4	4	loc.
Fac-Coen.	Suzette, Suzanne et Suzon	1	3	loc
C. Roland et P. Berthelot	Symphonie en Jaune mineur d	1	1	loc.
A. Mesnil	T'amuses-tu Pingot	5	»	loc.
Levavasseur	Tante d'Amérique (La)	3	3	loc.
C. Roland.	Ta pomme, Paris.	3	10	loc.
Wachs.	Tata chez Toto	2	1	4 »
G. Hervé-D. Fabrice.	Témoin.	4	3	loc.
Trompeteur et Primard	Témoin (Le).	3	1	loc.
Lambert-Lebreton.	Terre-Neuve d.	3	5	loc.
Abel-Paul et Rose fils.	Terrible affaire	3	2	loc.
Briollet-Gerny	Testament Cracfort (Le)	8	3	loc.
Marc Sonal	Théophile.	2	1	loc.
R. Lebreton-E. Blairat	Tisane des Boërs (La)	4	2	loc.

AUTEURS	TITRES DES ŒUVRES	Hommes.	Femm.	Prix nets
Hervé.	Toinette et son carabinier.	2	1	5 »
A. Mouëzy-Eon.	Ton coq et ma poule d	3	1	loc.
Bessier-de Gorsse.	Tonton d	3	3	6 »
Blanchard de la Bretesche	Torero de Lolotte (Le)	5	5	loc.
M. Guillemaud.	Toto la Rincette.	5	5	loc.
Wachs.	Totor et Titine.	1	1	loc.
Jubans	Tour de Moulinet (Le) d.	2	1	8 »
Bouvet-Fabvre.	Tournée Cabotin (La)	3	3	loc.
Jartier.	Train des Maris (Le)	2	2	4 »
Moreau-Duroc	Tranquil' hôtel	5	4	4 »
Moreau-Darsay	Trente mille francs par an.	2	2	loc.
Lebreton-Moreau	Treize jours d'un Parisien (Les) d.	troupe	»	loc.
Lebreton-Moreau.	Treizième spahis (Le) d	troupe	»	loc.
Ch. Gabet	Trésor des Dames d.	2	1	loc.
B. Lebreton-St-Paul	Tringlots (Les).	4	3	loc.
Lebreton-Moreau	Trio de troupiers d.	7	5	loc.
H. Gilbert	Triple alliance (La)	5	2	loc.
J. Lebreton-J. Lebreton	Trois Cousins (Les) d.	5	3	loc
B. Lebreton-J. Tranchant	Trois Divorces (Les).	5	3	loc.
Lebreton Teramond	Trois Gosses (Les).	4	4	loc
Bouvet.	Trois hercules pour une femme	3	2	loc.
Bessière	Troisième du trois (La)	6	6	loc.
Lebreton-Moreau.	Trois Maçons (Les) d.	4	2	loc.
L. Bouvet et G. Arribat	Troublante énigme.	3	3	loc.
Rose fils R. Ryvez.	Trouvez un père.	4	5	loc.
Guillemaud-de Marsan	Truc de Binochet (Le).	3	2	loc.
Lambert-Lebreton	Truc du Pharmacien (Le).	4	1	loc.
L. David.	Tu l'as voulu d.	3	1	loc.
Héros-Jost	Tziganie dans les Ménages (La) d.	troupe	»	8 »
Javelot	Un amour d'épicier	2	1	loc.
Bessière	Un attentat au bois	2	2	4 »
P. Lefaure	Un beau-père criminel.	3	2	loc.
Cardet-Lannoy.	Un bon ami	2	1	loc.
D. Fay.	Un bon tuyau	9	4	loc.
H. Barbé-G. Touzé	Un cas d'amnésie	3	2	loc.
F. Henrion	Un charcutier dans les ters.	1	1	4 »
De Marsan	Un client pas sérieux	4	3	loc.
Chassaigne.	Un Coq en jupons	1	1	4 »
Banès	Un domalade	2	1	5 »
Wachs.	Un domestique pour rire.	1	1	4 »
Moreau-Gramet.	Un dragon pour deux.	3	2	1 »
L. Roy.	Un épicier peu commode.	4	2	loc.
G. Laurens	Un futur sur le gril.	2	1	4 »
Ch. Malo	Un gendre à poigne	2	2	5 »
H. Levavasseur.	Un grand criminel	4	2	loc.
Pericaud.	Un hercule qui ne veut pas se rouiller	2	1	loc.
F. Bouveret	Un héritage de 100 millions.	5	3	4 »
Camille Clermont	Un honnête homme d	3	2	loc.
St-Paul	Un jour d'audace	4	2	loc.
Sambillard.	Un mariage à la force du poignet	1	1	3 »
Ch. Malo	Un mariage au flageolet.	1	1	4 »
Dauphin.	Un mariage en Chine d.	4	1	6 »
F. Bernicat	Un mari à l'essai	4	1	4 »
Pericaud.	Un mari en grande vitesse	3	1	4 »
Moreau-R. Parault	Un mari somnambule	2	2	loc.
L. Collin	Un mauvais conscrit	2	»	4 »
D. Fabrice	Un miracle	2	2	loc.
Blanchard de la Bretesche	Un mois de clou d	3	2	loc.
P. Vallée-E. Garnier	Un Monsieur qui frotte.	4	3	loc.
B. Lebreton-St-Paul	Un Oncle pour deux.	3	2	loc.
Chassaigne.	Un 1er jour de ménage	1	1	4 »
Mayrargue	Un Sauvetage	2	3	loc.
E. Barbier	Un souper chez Mlle Contat	1	1	4 »
G. Esquier	Une affaire de mœurs d	4	2	loc.
Bernicat.	Une aventure de la Clairon	2	2	6 »
D. Fabrice-Beguillet	Une chasse à Fontainebleau	5	4	loc.
Lebreton-Blairat	Une Consultation d.	3	3	loc.
Garnier-Vallée.	Une Corbeille de Noce	5	3	loc.
E. André	Une drôle de Marquise	2	2	loc.
Clamenta	Une étoile d'antichambre d	2	1	5 »
Jouhaud	Une femme du quart de monde	2	2	loc.
[illegible]	Une femme pour six sous	3	3	loc.
Villebichot.	Une femme qui bégaie d	1	1	4 »
L. Roques.	Une femme tombée du Ciel	1	1	5 »
Villebichot.	Une fille à trucs	3	1	4 »
Liouville	Une fille en loterie	2	1	4 »
Touzé-Monjardin	Une intrigue chez les Mouchamiel.	2	1	loc.
Desormes.	Une lune de miel normande	1	1	4 »
L. Collin.	Une mariée sans mari	1	1	4 »
Ed. Lhuillier.	Une marine à la vapeur.	1	1	3 »
Desormes	Une mauvaise connaissance.	3	2	5 »
Moreau-Darsay	Une mauvaise nuit	2	2	loc.
Moreau-Dorfeuil.	Une nuit de Paris d	troupe	»	loc.
Bouvet-G. H.	Une nuit chez les Grafeuillet d.	4	3	loc.
Duhem.	Une partie à Robinson	2	2	4 »
L. Martin	Une partie de pêche	5	4	loc.
B. Lebreton-Saint-Paul	Une petite femme en or.	3	3	loc.
Wachs.	Une pleine eau à Chatou	2	1	4 »
Bernicat	Une poule mouillée.	1	1	4 »
Lebreton-St-Paul.	Une Rosserie.	2	2	loc.
De Paniagua.	Une sale Histoire d	3	2	loc.
Chassaigne.	Une table de café.	2	»	4 »
Robillard.	Une tempête conjugale.	1	1	4 »
Liger-Aubrun	Urticaire (L').	4	1	loc.
Habrekorn-Latourette.	Vache à Pain (La) d	4	1	loc.
Jean Meudrot.	Valentine a du talent d	1	2	loc
R. Planquette	Valet de cœur (Le)	1	1	4 »
St-Paul	Vase de Soissons (Le).	3	2	loc.

www.ingramcontent.com/pod-product-compliance
Ingram Content Group UK Ltd.
Pitfield, Milton Keynes, MK11 3LW, UK
UKHW021034220726
13924UKWH00001B/312

9 782019 931308